# كهف الألواح

نوفيلا
رواية قصيرة

# كهف الألواح

محمد سعيد احجيوج

نوفل

صدرت في شباط عام 2024 عن **نوفل**، دمغة الناشر هاشيت أنطوان


info@hachette-antoine.com
www.hachette-antoine.com
facebook.com/HachetteAntoine
instagram.com/HachetteAntoine
twitter.com/NaufalBooks



صورة الغلاف: ©Miguel Sobreira / Trevillion Images
تصميم الداخل: **ماري تريز مرعب**
تحرير ومتابعة نشر: **روان عز الدين**

ر.د.م.ك. (النسخة الورقية): 978-614-06-0297-7
ر.د.م.ك. (النسخة الإلكترونية): 978-614-06-0298-4

# سيمفونيّة كهف الألواح

# الحركة الأولى

# سوناتا الرحيل

# النداء الأوّل

خرجتْ فجرًا وهي تحمل خطيئتها على ظهرها في رحلةٍ تعرف أنّها تتطلّب منها أسابيع من الشقاء في طريقٍ وعرةٍ متخمةٍ بالصعاب ولا دابّة لها تحملها. لا مفرّ من رحلة الحجّ هاته وهي تحمل طفلها الكسيح. تكرّر الحلم سبع مرّاتٍ سبع ليالٍ متتالياتٍ وما عاد يمكنها تجاهل اللوم في صوت زائرها. تأخّرتْ. قالها، ووقر في فؤادها يقينًا أنّه الوليّ الصالح آزاد، الذي مشى على الماء، يناديها. نعم، هو الحلّ حتمًا لتخليص طفلها من العاهة التي استيقظ بها ذات صباحٍ، وما عاد يملك بعدها أنْ يحرّك قدميه، وقد كان من قبل، كما الأطفال كلّهم، قردًا يقفز من شجرةٍ إلى أخرى. أرنبًا يتسلّل من جحرٍ إلى آخر. مهرًا جامحًا لا يتعب من الركض طيلة النهار.

كان كوخها على أطراف القرية، أقرب ما يكون إلى حافة الوادي، منبوذةً هناك مذ استيقظتْ ذلك الصباح، قبل سنواتٍ سبعٍ، في بيت الأسرة التي كفلتْها، على ركلاتٍ في أحشائها وعصارة معدتها تنفجر عبر حلقها. نفخةٌ واحدةٌ من ريحٍ غاضبةٍ تكفي لتقتلع بيتها المشيّد على عجلٍ وتقذف به إلى الأسفل، بما فيه وبمن فيه.

وقفتْ عند الباب. التفتتْ إلى الأفق البعيد وإلى الخيط الأبيض الذي ينير طريق الشمس لتقوم من مرقدها. صوت ديكٍ يوقظ زوجاته وزقزقات طيورٍ أبكرتْ في الاستيقاظ وخوار أبقارٍ متململةٍ تنتظر الأيدي الآتية لمداعبة ضروعها. صوت الأذان يأتي من مسجد

القرية وأصواتٌ خافتةٌ بدأتْ تتسرّب من البيوت. تأخّرتْ. كانت تريد أنْ تغادر قبل أنْ تستيقظ القرية. لم تردْ أنْ يراها أحد. عادتْ بنظراتها إلى كوخها. ألقتْ عليه نظرةً أخيرةً. ليستْ متأكّدةً من أنّها ستعود إليه. قد تلقى حتفها في الطريق، أو تقرّر الاستقرار. ربّما، قريبًا من ضريح الوليّ الصالح تخدمه ما بقي لها من عمر.

أسماؤها ثلاثة. واحدٌ منحتْه يوم كفلتْها العائلة التي تركتْ عند بابها، الثاني لقبٌ التصق بها بعد أنْ نبذتْ إلى هامش القرية، وثالثٌ منحتْه لنفسها اليوم إذ قرّرتْ أنْ تبدأ رحلتها لخلاص ابنها من الشلل الذي أطبق على قدميه. بعد اليوم لن تكون إلّا ما تريد هي أنْ تكونه. تنهّدتْ. أرسلتْ بصرها نحو الأفق. نعم، لن تعود أبدًا، قرّرت الآن.

عدّلتْ وضع طفلها النائم على ظهرها. حملتْ صرّتها التي تضمّ قليلًا من الخرق وكمّيةً غير كبيرةٍ من ثمارٍ وماء، وخطتْ خطوتها الأولى نازلةً بحذرٍ، وثقةٍ أيضًا، منحدر الوادي، لتبدأ رحلتها والشمس لم تمنحْ بعد كامل ضيائها. رحلة شفاء ابنها، وربّما أيضًا، لا بل يقينًا، رحلة خلاصها هي. تشعر بذلك. إنْ لم يكنْ خلاصها الموت، ففي رحلتها شفاءٌ لها أيضًا. هكذا تشعر.

لا تعرف متى بدأت اللعنة في صلب عائلتها، وكلّ ما تعرفه أنّ سلالتها ملعونةٌ حتمًا. تعرف أنّ أمّها ولدتْ بعد عامين من اختفاء جدّها ولم تكنْ جدّتها تزوّجتْ ثانيةً. قيل إنّ جدّتها عزمتْ عند فقيهٍ ليركد جنينها في بطنها حتّى يعود الجدّ المختفي، لكنّ الرجل المختفي لم يعدْ وانفكّ سحر الفقيه بغتةً، وجاءت الابنة غير المنتظرة. هكذا أخبرتْها والدتها يوم زارتْها خفيةً. ثمّ تكرّرت الحكاية، فجاءتْ هي لتجد نفسها وليدةً على باب أحد بيوت القرية ووالدتها اختفتْ، كما اختفى جدّها من قبل، لا تعرف لأبيها اسمًا. على الأقلّ هي محظوظةٌ نوعًا ما. تقول. وليدها جاء

صبيًّا ذكرًا، ولذلك لا خوف عليه. لا رحم لديه ليستقبل نطفةً غامضةً لا أب لها. كما أنّ الطفل لم ينبذ، رغم كلّ ما التصق بها من وحل الخطايا. سمح له بأنْ يلعب مع أطفال القرية، ما داموا بعيدين عن بيتها الموصوم، بل سمحتْ له معجزةٌ بأنْ يلتحق بكتّاب القرية، رغم أنّ الفقيه مرّ على جسدها أكثر من ليلةٍ ثمنًا لتحفيظ طفلها القرآن. قبلتْ راضيةً أنْ تغفر لأهل القرية كلّهم خطاياهمْ كلّها لأنّهمْ سمحوا لطفلها بأنْ يعيش طفولته من غير أنْ يوصم بالجريرة المفترضة لأمّه.

آزاد. هكذا اختارتْ أنْ تسمّي نفسها اليوم. هو اسم الوليّ الصالح نفسه. عرفتْ من حكايات العجائز في طفولتها أنّ الاسم يعني بلغة الوليّ الصالح الذي جاء محمولًا على الرياح من حيث تشرق الشمس: الحرّ. هي لغة الجنّ تقول العجائز. لا تعرف هل الاسم بلغة الجنّ تلك يقبل التأنيث كما التذكير، لكنّ هذا لا يهمّ. ستسمّي نفسها آزاد. ستكون منذ اليوم المرأة الحرّة والرجل الحرّ. هي أيضًا رغبةٌ دفينةٌ في أعماقها أنْ يمنحها الاسم سحرًا ما أو بركةً تبعد عنها عثرات الطريق. آزاد. همست لنفسها تستعذب الاسم. آزاد.

الطفل أيضًا يحتاج إلى اسمٍ بديل. تفكّر وهي تنزل المنحدر محاذرةً الانزلاق. توقّفتْ. أغمضتْ عينيها تشحذ ذهنها. رأتْه. مبتسمًا هذه المرّة ظهر لها آزاد ولا لوم مرتسمًا على بهاء وجهه. همس لها بالاسم. ابتسم. أكّد لها الاسم، ثمّ اختفى وفتحتْ آزاد عينيها. عدنان. التفتتْ إلى طفلها على ظهرها. ابتسمتْ. كرّرتْ. عدنان. فتح الطفل جفنيه، ولمعتْ عيناه وافترّتْ شفتاه عن الابتسامة التي تمنح والدته القوّة لتحارب العالم كلّه لأجله.

خطوةٌ إضافيّةٌ على المنحدر والتوى كاحلها. سقطتْ آزاد تتدحرج فوق الصخور الناتئة. شعورٌ بعدم التصديق غطّى على كلّ

الجراح وخدّر آلامها. رأتْ صرّتها تطير وطفلها ينزلق عن ظهرها خلال سقوطها. الأكثر من عدم التصديق كان شعور الخيانة. كيف يأتيها الوليّ الصالح يطلبها، أكثر من مرّةٍ، وتكون خطوتها الأولى في رحلتها إلى لقائه هي خطوتها الأخيرة في الحياة؟ تواصل التدحرج وهي تزمّ شفتيها. لن تصرخ. لن تمنح لمهندس سقطتها، في الوادي وفي الحياة، أنْ يستمتع بآلامها. وصلتْ إلى قاع الوادي خرقةً ممزّقةً. كلّ جسدها يتألّم وينزف. فتحتْ عينيها بصعوبةٍ، ونظرتْ إلى السماء. غامت الرؤية وأغمضت آزاد عينيها.

شهقتْ خلود وفتحتْ عينيها.

# نهاياتٌ وبدايات

شهقتْ خلود وفتحتْ عينيها. استدارتْ إلى يسارها. السرير فارغٌ إلّا منها. تنهّدتْ وتنفّستْ الصعداء. أحسّتْ بالراحة لأنّ كلّ ما مرّ كان حلمًا. محض حلمٍ وتلك المرأة إيزل لم تدخلْ حياتها قطّ. غير أنّها لم تستمتعْ بخلاصها طويلًا؛ إذْ طرق سمعها صوت رشّاش الماء في الحمّام. إيزل حقيقيّةٌ إذنْ، استيقظتْ قبلها وذهبتْ تستحمّ. عضّتْ خلود شفتيها. تنهّدتْ مرّةً أخرى واعتدلتْ جالسةً. توقّف صوت رشّاش الماء وتبعه مباشرةً صوت فتح باب الحمّام. خطواتٌ مكتومةٌ على السجّاد. تقدّمتْ إيزل داخل الغرفة، وشهقتْ خلود.

«اللعنة»، دوّى صدى صوت الصرخة في عقل خلود، دون أنْ تنفرج شفتاها. بدأ صدرها يعلو ويهبط وضربات قلبها تتسارع وعيناها تجولان على بياض جسد إيزل، على الثديين المنتصبين بكبرياء والبطن الأملس والقطرات المنزلقة. لكنّ خاطرًا مباغتًا دهمها: هذا المشهد عاشتْه من قبل.

تجمّدتْ إيزل في وقفتها. علتْ الحمرة وجنتيها وبشكلٍ لا إراديٍّ غطّتْ بكفّها ملتقى فخذيها، وكانت خلود تجاهد لتلتقط أنفاسها. الغرفة تدور بها وغمامةٌ من ضبابٍ تغطّي عينيها.

صرختْ إيزل:

- ماذا تفعلين؟

فتحتْ خلود عينيها لتجد نفسها تحاول تقبيل إيزل.

- من فضلك خلود، لا.

تملّصتْ إيزل من ذراعيْ خلود.

- إيزل، إيزل. انتظري.

- آسفةٌ خلود. لم أقصد الخروج من الحمّام عاريةً، حسبتك نائمة.

- لا، لا تعتذري. لماذا تعتذرين؟ دعيني ألمس ثديك.

تمدّ خلود يدها نحو إيزل. واثقةٌ راغبةٌ غير أنّها في الوقت نفسه متردّدة، يحاول عقلها فهم غموض إحساسها بحالة الديجافو. تتملّص إيزل لكنّ خلود تندفع نحوها. تمسكها. تضغطها إليها وتعصر عجيزتها. تدفعها إلى الجدار. تعصر ثدييها. تقاوم إيزل وتبعد شفتيها عن شفتيْ خلود. تغضب خلود. تصرخ. تصفع إيزل.

«اهدئي يا حمقاء». وقبضتْ أخيرًا على شفتيها. لكنّها نمرةٌ شرسةٌ، إيزل. دفعتْ خلود بقوّةٍ حتى سقطتْ. قامت خلود تلهث واندفعتْ نحو إيزل التي تلقّفتْها بركلةٍ صوّبتْها إلى ما بين فخذيها. عوتْ خلود من الألم، وسقطتْ على ركبتيها. ركضتْ إيزل في اتّجاه الشرفة الملحقة بغرفة النوم، وعندها رأتْ خلود المشهد بجلاءٍ تامّ: إيزل تتعثّر في الإطار السفليّ لباب الشرفة، وتسقط مندفعةً نحو الأمام متجاوزةً حاجز الشرفة القصير، وتواصل اندفاعها نحو أسفلت الشارع.

«توقّفي إيزل، ستسقطين». صرختْ خلود وهي تقوم لتمسك إيزل قبل أنْ تتعثّر. غير أنّها هي التي تعثّرتْ بسبب قيامها السريع، واندفعتْ إلى الأمام مصطدمةً بظهر إيزل، التي واصلتْ اندفاعها متجاوزةً حاجز الشرفة. اتّحدتْ صرخة خلود مع الصرخة الحيوانيّة القادمة من حلق إيزل. جاء صوت الارتطام بالأسفلت، وغابتْ خلود عن الوعي.

شهقتْ خلود، وفتحتْ عينيها. استيقظتْ ولم يكنْ حلمًا ما عاشته. أو بالأحرى لم يبدُ كأنّه حلم، بل ذكريات حياةٍ عاشتْها من قبل. هي خلود. اسمها خلود العمراني. تبتعد حثيثًا عن الثلاثين نحو سجن الأربعين، مطلّقةٌ أو ربّما ليس بعد. خلود هي أنا. لكنّي أكتب بضمير الغائب سعيًا إلى موضوعيّةٍ أكبر. للوصول إلى الحقيقة المجرّدة التي تطلبها سيّدي المفتّش، ولو أنّ الحقيقة الوحيدة الثابتة هي أنْ لا حقيقة مطلقة، أو مجرّدة، يمكننا أنْ نحيط بها. الحقيقة وهم. نعمْ سيّدي المفتّش، أدرك المفارقة الكامنة في العبارة. هكذا هي اللغة، عاجزةٌ تمامًا عن ملاحقة ما يدور في العقل، هذا إنْ كان ثمّة ما يدور في العقل خارج سلطة اللغة قبل أنْ تسجنه كلماتها. وكذلك هي الذاكرة. هل الذكريات موجودةٌ حقًّا قبل أنْ نحضرها إلى الوعي، ونسجنها في كلماتٍ، أم نحن خلال عمليّة التذكّر نكتب الذكريات، نخلقها ونختلقها؟

الآن. ترتّب خلود أفكارها على الورق. الحقيقة الأولى: جثّة إيزل اختفت. الحقيقة الثانية، بل يفترض أنّها الأولى: عدنان تبخّر وما عاد موجودًا. الحقيقة الثالثة: ثمّة جثّة رجلٍ إسبانيّ. هذه الحقيقة الثالثة هي كلّ ما يهمّ المفتّش. هو لا يعرف عدنان، ولا يهمّه البحث عن جثّة إيزل التي لا يعدّها موجودةً خارج عقل خلود، وما يريده هو أنْ تفصّل خلود، أنْ تكتب اعترافًا مفصّلًا، عن علاقتها بالجاسوس الإسبانيّ ومقتله/انتحاره.

ثمّة حقيقةٌ أخرى: إنّها سجينة هذه الغرفة البيضاء.

كيف وصلتْ إلى هنا هو أمرٌ لا تتذكّره. ما تتذكّره الآن هو أنّها ملزمةٌ بتنفيذ رغبة/طلب/أمر الطبيب. الذاكرة، حسبما تعرف خلود، ليست مخزنًا/ مقبرةً لردم التراب فوق الذكريات. ليستْ مكتبةً لا متناهية الرفوف نكدّسها بالذكريات المسجّلة، المحفوظة من التزييف. لو أنّ الأمر كذلك فكيف سنصل إليها،

كيف نستخرجها من تلك المقبرة، ونحن لا نملك إليها وصولًا؟ لا نعرف بوجودها؛ لأنّها مخزّنةٌ بعيدًا عنّا ومحفوظة. لا يمكن الوصول إلى ذكرى محدّدةٍ بعينها واستخراجها ونحن لا نعلم أصلًا بوجودها. أنْ نعلم بوجودها يعني أنّها يجب أنْ تكون حاضرةً في الوعي. كلّ ذكرى بعينها يجب أنْ تكون حاضرةً في وعينا، الذكريات كلّها، حتى نملك أنْ نتذكّرها. لكنْ لو أنّها جميعها حاضرةٌ في وعينا فنحن لن نحتاج إلى التذكّر آنذاك. الذكريات كلّها متذكّرةٌ بطبيعتها، ويا له من جحيم.

بإيجاز: الذاكرة وهم. خلود متأكّدةٌ من ذلك. نحن بارعون جدًّا في اختلاق الذكريات. استرجاع الذكريات خلقٌ لها، تزييفٌ لها. كلّ ما نسترجعه محض وهم. أكاذيب. مع ذلك، هي لا تملك الآن إلّا الأقلام والأوراق والاستجابة القهريّة للأمر بأنْ تكتب. ولعلّ لقاءها الأوّل بالمرأة التي قلبتْ حياتها رأسًا على عقبٍ، إيزل، هو البداية المناسبة.

فكّرتْ خلود من النظرة الأولى إليها أنّها تريد الانتحار. ثمّ نفضت الفكرة عن رأسها. لعلّها هي الأخرى غادرتْ زبونها، وخرجتْ لتنظّف نفسها من عرق الليلة. تغتسل برذاذ الأمواج، وتتطهّر بالنسيم العليل. هذا ما تفعله خلود. كلّما رافقتْ زبونًا إلى أحد الفنادق المطلّة على شاطئ مالاباطا تغادره فجرًا، وتتمشّى على الرصيف الصخريّ حتّى تصل إلى نهايته. تتجاهل هواة الصيد المبعثرين أسفل الرصيف، يرمون صنّاراتهم إلى البحر وأعينهم تتلصّص على جسدها، وتفتح ذراعيها وتشرّع صدرها لرذاذ الأمواج التي ترتطم عنيفًا بحاجز الصخور، وتتذوّق القطرات المالحة التي تبلّل وجهها. تترك النسيم البارد يلعب بشعرها، وتلتهم الهواء النقيّ. وتدفنه عميقًا في صدرها. للبحر مفعولٌ سحريّ. مفعولٌ مطهّر. حين تنظر إلى أعماقه بعيدًا

تحسّها عادتْ إلى رحم أمّها. تغمض عينيها وتشعر بدفءٍ ساحر. ترى الأمواج آتيةً يركب بعضها بعضًا، فتشعر بغضب والدتها، ثمّ تمسح وجهها قطرات الماء المتطايرة من الأمواج، وتتخيّل أمّها تمسّد وجهها بكفّها الحنون، كما كانت تفعل، ذات زمنٍ سحيق، قبل أنْ تبيع ابنتها لزوجٍ ثريٍّ وعد بإرسالها وزوجها إلى الحجّ.

لا شكّ في أنّها تريد الانتحار. طريقة وقوفها غريبة. تراها خلود متردّدةً، تقدّم قدمها اليمنى وتتركها معلّقةً، كأنّها تنوي المشي على الهواء، ثمّ تعيدها مجدّدًا إلى الرصيف. صرختْ خلود تطلب منها أنْ تتوقّف وأرادتْ الركض نحوها. هذا الكعب العالي لا يسمح لها بالجري.

التفتت المرأة نحو خلود. عيناها محمرّتان ومنتفختان. الحزن جليٌّ على قسمات وجهها. مع ذلك ابتسمتْ. لم أصدّقْ أنّها تبتسم. السخرية جليّةٌ في ابتسامتها، مع لمحةٍ من المرارة غير خافية. أرعبني هاجس أنّ تلك الابتسامة تعني النقيضين. قد تعني أنّها استعادتْ رغبة الحياة، وقد تعني العكس تمامًا، أنّ قرارها الارتماء بين أحضان البحر نهائيٌّ لا عدول عنه، ولم يعدْ لديها ما تخسره.

«إنّك لا تعرفين شيئًا. لا أحد يعرف». قالت كلماتها المثقلة باليأس، وانحنتْ إلى الأمام. كاد قلبي ينخلع ويخترق صدري، قبل أنْ أراها تعتدل لتجلس على الرصيف. تعتمد بكفّيها على الصخرة، وترفع وجهها إلى الأعلى، وتميل رأسها نحو الخلف، ليستقبل صدرها رذاذ الموجة القادمة.

توجّهتْ خلود نحوها وجلستْ بجانبها.

ذلك الصباح، على الرصيف الصخريّ لشاطئ مالاباطا المطلّ على البحر الأبيض المتوسط، التقتْ خلود إيزل للمرّة الأولى.

بقينا صامتتين لوقتٍ طويل. احترمتُ صمتها، ذلك الصباح. ولم أشأْ خدشه بأسئلتي الفضوليّة، إلى أنْ كثرت أعين الفضوليّين المسلّطة علينا. سألتها أن تذهب معي إلى بيتي، تستحمّ ثمّ نفطر ونتبادل أطراف الحديث، كما تقول العبارة المدرسيّة. نجحت العبارة المستهلكة في أنْ تنتزع من شفتيها ابتسامةً لم تبق طويلًا على وجهها.

لكنْ في السيّارة انهارتْ مقاومة خلود أمام فضولها، فسألتْ إيزل أنْ تحكي لها، أنْ تخفّف عن نفسها ثقل حكايتها التي دفعتْها إلى محاولة دفن نفسها في أعماق البحر. «تتعدّد البدايات ويتشعّب بعضها عن بعض»، قالت إيزل، «وأمّا النهايات فنهايةٌ واحدة». قالت إنّها لا تعرف من أين يمكنها أنْ تبدأ البوح. متى بالضبط وقع الحدث الذي بدأتْ حياتها بعده سلسلة الانهيارات المتواصلة.

لكنْ يبدو أنّني مخطئة. هذا الابتعاد عن ضمير المتكلّم لا يسمح لي بحرّية تدفّق الأفكار. التفكير فيها من زاوية راوٍ غائبٍ يخلق حاجزًا أمام ما يمكن تذكّره وطبقةً من التعقيد غير ضروريّة. كلّا. المواصلة بضمير المتكلّم أنسب، وأسهل من الكتابة بضمير الغائب.

كان كلامها بطيئًا، وشعرت بها مرهقةً ومتعبةً كأنّها لم تنمْ منذ أيّامٍ أو كأنّها كانت سجينة أعمالٍ شاقّة. فعلًا كانت منهكةً جدًّا. ارتمتْ، فور وصولنا إلى شقّتي، على أوّل أريكةٍ وانفلت زمام تحكّمها بنفسها وانفجرتْ تبكي. تصخّرت في وقفتي. لم أعرفْ ماذا يمكن أنْ أقول لأخفّف عن إيزل، ولم أملك القوّة لتحريك قدميّ المتيبّستين لأقترب منها، وأربّت كتفها.

فكّرت أنّ من الأفضل أنْ أتركها تبكي لتفرغ طاقة الحزن المكبوت في أعماقها. البكاء، كما علّمني عدنان، الفعل ذاته،

فعل البكاء، يطهّر النفس، ويريح البدن ويهدّئ الأعصاب. لا تسألْني كيف أعرف أنا. عدنان علّمني. علّمني كلّ شيء.

خفت سحر بكائها، وتمكّنت أخيرًا من تحريك قدميّ. ذهبت أوّلًا إلى غرفتي، وجلبت غطاءً خفيفًا ألحفتها به، بعدما نزعت عنها حذاءها. درجة حرارة الغرفة معتدلةٌ، لكنّ الغطاء سيفيد إيزل للحصول على دفءٍ إضافيٍّ وسيمنحها، ولو وهمًا، إحساس الحماية والأمان.

جلست على مسند الأريكة، وتركت أصابعي تتخلّل شعر إيزل الحريريّ. لطالما منحني هذا الفعل راحةً كبيرةً حين كانت ماما تضع رأسي على حجرها، وتداعب خصلات شعري كلّما انكشف لها حزني. لم تكنْ تسألني شيئًا، فقطْ كانت تترك نبرة صوتها الدافئة تستدعيني، «بنيّتي، تعالي»، لأدفع قدميّ نحوها، فتمسك بيدي، تربّت كتفي، ثمّ تأخذ رأسي إلى حجرها، وتنطلق أصابعها في مداعبة شعر رأسي. كانت تحبّني. بالتأكيد كانت تحبّني. لكنْ، كما يقال، الطريق إلى الجحيم محفوفةٌ بالنيّات الطيّبة. كذلك الحبّ، لا يحمي من القرارات الخاطئة التي تتّخذ باسمه، والتي تقلب حياتنا رأسًا على عقب. كادتْ أمّي تقفز فرحًا حين جاءتْها إحدى معارفها بخبر أنّها وجدتْ لي زوجًا. ثريٌّ عربيٌّ يكبرني بعشرين عامًا. ترمّل قبل أشهرٍ قليلة. قال إنّه لا أبناء له، إلّا أنّ كذبته كانت جليّة. أمّا أنا، ففي نظر أمّي وصاحبتها، عزباء يكاد قطار الزواج يفلت منها. أخذتْ صديقة أمّي، التي صارتْ بشكلٍ ما خاطبة، صورةً لي إلى الرجل الذي يبحث عن نصفه المغربيّ. عادتْ في اليوم التالي محمّلةً بالهدايا وتاريخ نهاية الأسبوع موعدًا لمجيء الرجل لخطبتي. لم يكنْ لرأيي أيّ اعتبار. هذا لم يكنْ معتادًا من أمّي ولا من أبي. رفضت من قبل خطّابًا كثرًا، وقلت إنّني أريد الدراسة. ثمّ بعد التخرّج قلت إنّني

أريد التركيز على عملي. لم يمانعْ بابا، ولم ترغمْني أمّي رغم احتجاجاتها المتكرّرة عن تأخّري في الزواج ورغبتها في أنْ تُرزق أحفادًا قبل مماتها. لكنّها هذه المرّة أقنعتْ والدي بأنّي إذا ضيّعت هذا العريس فلن أجد غيره، وسأندم طيلة عمري. إحدى الهدايا التي أرسلها الرجل مع الخاطبة، وما زلت لا أعرف أيّ مصادفةٍ شيطانيّةٍ جمعتْ بينهما، هي رحلةٌ لأداء مناسك الحجّ مع وقفةٍ سياحيّةٍ في تركيا، لكلٍّ من أمّي وأبي. يبدو أنّ تلك الهديّة أدارتْ رأس أمّي، ودفعتْها إلى الإصرار على الموافقة، هي التي ظلّتْ تحلم بزيارة قبر النبيّ، كما تقول، منذ سنواتٍ، لكنّ العين بصيرةٌ واليد أقصر من أن تسمح لها ولأبي بتحقيق حلمهما العزيز. لم يستمرّ زواجي شهرًا واحدًا، وتبعتْه أشهرٌ مريرةٌ من السعي بين أروقة المحاكم للحصول على الطلاق، ثمّ كراهيةٌ مقيمةٌ للرجال كلّهم عشّشتْ في قلبي.

ضبطت نفسي أحدّق، دون قصدٍ، في جزءٍ بارزٍ من ثدي إيزل. الزرّ العلويّ لقميصها انفتح، على ما يبدو، من تلقاء نفسه. البياض الشاهق لصدرها يحبس الأنفاس. كأنّ بشرتها لم تقبّلها الشمس من قبل. ابتسمت وسحبت اللحاف لتغطية صدرها وإخفاء سطوة الثدي النافر. تذكّرت عدنان. واسترجعت إلى ذاكرتي مقطعًا من روايته التي، لن تصدّق سيّدي المفتش أنّني أحفظها كاملة.

مداعبة الرجل للحلمتين تحاكي لدى المرأة شعور إرضاعها لصغيرها. حين ينجذب الرجل قسرًا إلى الثديين، فإنّ ما يجذبه نادرًا ما يكون الشهوة الجنسيّة، بل هو شعور الارتباط بالمرأة. ذلك الحنين إلى صدر الأمّ الحنون، ذلك الفراغ في صدره الذي يدفعه إلى التصرّف بصبيانيّةٍ أمام المرأة، وذلك الحنين إلى الاكتمال والارتباط مع النصف الآخر. إنّ مجرّد النظر إلى الثدي

يمكن أنْ يحوّل مزاج الرجل من أقصى حالات الغضب إلى أقصى حالات الوداعة.

يقصد عدنان الرجال بحديثه، فماذا سأقول عن نفسي وعن سرّ تحديقي، اللاشعوريّ، في ثدي إيزل؟ لم أكنْ قادرةً على التحديد آنذاك هل السبب هو تيهي في ذكرياتي وتذكّر والدتي، أم أنّ تحديقي نابعٌ من فضولٍ أنثويٍّ محضٍ وغيرةٍ نسائيّةٍ، وكمْ من امرأةٍ ضبطتها في الشارع تحدّق بنظراتٍ، يصعب فصل نهم الجوع فيها عن حسرة الغيرة، في مؤخّرةٍ متقنة التكوّر لامرأةٍ أخرى تتقن انتقاء السراويل المناسبة لشدّ الردفين ورفعهما بما يكفي لإسالة لعاب النسوة الأخريات قبل الرجال.

نامتْ إيزل، وبقيتْ نائمةً طيلة النهار، كأنّها لم تنمْ منذ سنوات. قلقت عليها وتحقّقت أكثر من مرّةٍ أنّها لا تزال تتنفّس، كما كنت أفعل طيلة ليالي المستشفى أطلّ على حاضنة عدنان أتحقّق من أنّه ما زال يتنفّس.

حين اقترب الليل تجهّزت للخروج. كانت لا تزال نائمةً، وكنت متردّدةً حيال تركها وحدها. متوتّرةً قليلًا من ترك شخصٍ غريبٍ في بيتي. قد يكون تهوّرًا كبيرًا أنْ أتركها وحدها في شقتي، لكنْ لا شيء لديّ هنا أخاف عليه.

لو كنت صادقةً مع نفسي لتوقّفت لمحاولة فهم ذلك الهاجس الذي كان يخزّ مؤخّرة رأسي. لم يكن الأمر واضحًا، لكنّ شيئًا من عدم الاطمئنان كان يغلّفني. ظلًّا ما رأيته بطرف عيني ثمّ حين استدرت لم أجدْ شيئًا. أتذكر أنّني غطّيت إيزل باللحاف إلى عنقها، وكان قميصها مزرّرًا بكامله. ثمّ حين ذهبت إلى المطبخ لأشرب وعدت للجلوس على مسند الأريكة، وجدت اللحاف نزل إلى بطنها، وقد فتح زرّان من قميصها يكشفان عن بياض صدرها، وقمر ثديها المتوثّب. هل فتحت قميصها عمدًا أم انفتح من تلقاء

نفسه حين أبعدت الغطاء عن صدرها؟ يسهل أنْ أقول هذا الآن. لكنّ عدنان علّمني ألّا أثق بالذاكرة ثقةً عمياء. يُحتمل أنّ ذاكرتي تمدّني الآن بتفاصيل إضافيّةٍ غير حقيقيّةٍ لتعزيز ادّعائي أنّي شعرت بأنّ شيئًا ما غير طبيعيٍّ كان يدور خلف ظهري. لا حدود لما يمكن أنْ تُمدّني به الذاكرة إلّا قدراتي الإبداعيّة الخاصّة، قدرتي على الخلق. حسنًا، ما مضى قد مضى، وسردي له بشكلٍ أو بآخر لن يزيد حقيقته شيئًا، ولن ينقص منه. ثمّة جثّةٌ وأنت تنكر وجودها، هذه هي الحقيقة بالنسبة إليّ. وكلّ ما عداها محض مغالطةٍ سرديّة.

جهّزت لها وجبةً خفيفةً تركتها على المنضدة بجانب الأريكة، وتركت لها ملاحظةً بأنّي سأتغيّب حتّى الصباح التالي، ثمّ خرجت إلى موعدي. حاولت قدر الإمكان إبعاد هاجس إيزل عن تفكيري والتركيز مع متطلّبات العميل. كانت تلك المرّة الخامسة مع هذا العميل الذي لا ينطق بأيّ كلمةٍ معي، إلّا أوامره القصيرة المقتضبة بفرنسيّةٍ ركيكة. قسمات وجهه مغربيّة، لكنّ لكنة حديثه إسبانيّةٌ صرف. أعتقد أنّ الدماء الإسبانيّة اختلطتْ مع المغربيّة منذ قرونٍ وثمّة وجوهٌ كثيرةٌ يصعب تحديد إن كان أصحابها مغاربةً أم إسبانًا. منذ شهرٍ صار له موعده الأسبوعيّ الثابت. في الحقيقة هو يجزل العطاء. ولا أريد خسارته. إلّا أنّ متطلّباته غريبة، أو فلأقلْ مختلفة، نوعًا ما. يبدأ اللقاء دائمًا بحضنٍ طويلٍ بجانب الباب. يعصر عجيزتي بكلتا يديه، ثمّ يمسك وسطي بقوّةٍ، ويبدأ الاحتكاك صعودًا ونزولًا حتّى يهمد احتقانه. ينزع ملابسه بعد ذلك ويتوجّه للاستحمام. أرتّب أنا أطباق المأكولات البحريّة التي يشتريها جاهزةً، وأفتح قنّينة النبيذ الأحمر الذي لا يحضر غيره. يخرج من الحمّام عاريًا يقطر ماءً، ويجلس إلى المائدة ليبدأ الالتهام. يستلقي بعد ذلك على ظهره على الأرض، ويطلب

الحصّة الأولى، التي يخور في نهايتها كثور. يقوم بعد ذلك ليرتدي ملابسه، بذلة سهرةٍ كاملة، ونجلس لمشاهدة فيلمٍ من كلاسيكيّات السينما الإيطاليّة. بجانبنا أطباقٌ من المقرمشات والفواكه الجافّة وقنّينةٌ ثانيةٌ من النبيذ. ينسى وجودي تمامًا إلى أنْ ينتهي الفيلم، ثمّ يحملني لأجلس على حجره، وأبدأ بتقبيله من أعلى رأسه إلى أخمص قدميه، أنزع ببطءٍ قطع ملابسه قطعةً بعد قطعة، وأمرّ بشفتيّ على كامل جسده، دون أن أتخطّى أيّ بقعة. في الختام تكون ناره قد استعرت فيحملني ويرميني على الفراش ويمزّق ملابسي. متعته الكبرى في تمزيق ملابسي. خفت منه في المرّة الأولى. صرخت ودفعتُه عنّي. قام وفتح دولاب الملابس. لم يقلْ شيئًا، فقطْ أشار إلى تشكيلةٍ باهرةٍ من الملابس النسائيّة الحديثة، وعاد إلى هجومه. يترك التبّان إلى النهاية. يحبّ أنْ يعصره على جسدي، ويشدّه حتّى يخترق الشفران. يهيّجه ذلك المشهد، فيسحب التبّان ويغرس داخلي رمحه بدفعةٍ قويّة. أشعر بنارٍ لافحةٍ تخترقني فأصرخ، ومع صرختي يخور ويسقط عليّ راضيًا بإيلاجٍ ناريٍّ سريعٍ وقصير. يستلقي على ظهره يلهث. تمرّ دقائق ثمّ يأخذني إلى صدره، يحضنني كدمية، وننام حتّى الصباح. هي عمليّةٌ ميكانيكيّة بالنسبة إليّ. ولا متعة في الأمر. هي فقطْ طلبات ~~العميد~~ العميل التي يجب أنْ تنفّذ، وعليّ إنجازها بإتقان، ومن الإتقان التظاهر بالاستمتاع في كلّ مرحلة، بالدرجة التي تلائم كلّ خطوة. الاعتياد على تمثيل ذلك لم يكنْ سهلًا. في الصباح انتقيت من دولابه ما اشتهيت من قطع ملابس سيكون عليّ الحضور بها في الموعد التالي ليستمتع بتمزيقها، لكنّه كان الموعد الأخير.

خرجت من المبنى، وقبل أنْ أركب سيّارتي سمعت الاصطدام. استوعبت دون أدنى جهدٍ أنّه صوت سقوط جسدٍ بشريٍّ على

سطح سيّارة. تجمّدت في مكاني. تدفّق الأدرينالين في عروقي. فقدت السيطرة على التحكّم في أطرافي، بعضها يريد الهرب فورًا وبعضها يريد الالتفات لتمحيص التفاصيل، ورأيت كلّ شيء. ليس كلّ ما رآه جلجامش، لكن رأيت كلّ شيء. قطع الزجاج على الرصيف والإسفلت. سطح السيّارة المنبعج. الذراع المطويّة بشكلٍ مستحيلٍ فيزيائيًّا. الوجه الداميّ للإسبانيّ. رفعت رأسي إلى الأعلى، وتلاقتْ عيناي مباشرةً بعيني العميد شهاب يطلّ من شقّة الإسبانيّ.

الدوار. تسارع دقّات القلب. الضباب. ثمّ الظلام.

# العود الأبديّ

الدوار. تسارع دقّات القلب. الضباب. ثمّ الظلام. صمتٌ ثقيلٌ يضغط على الأذن وكذلك يفعل الظلام. ثمّ جاءت الأمواج المتلاطمة من البعيد. صوت الأمواج المتلاطمة تصطدم بالصخور، وصوتها تعود القهقرى. ما زال الظلام كثيفًا، لكنّ رائحة الملح استثارتْ حاسّة الشمّ عند خلود. صوت الأمواج مدًّا وجزرًا. تدرك خلود أنّها تحلم كما تعرف أنّ بإمكانها استدعاء صوت النوارس. عاد صوت الأمواج، وجاء معه صوت أوّل نورس. رغم الظلام الكثيف شعرت خلود بالراحة. تعرف أنّها حين تفتح عينيها ستجد نفسها مستلقيةً على الشاطئ الرمليّ، الأمواج تداعب قدميها والنوارس في السماء تحلّق. لكنّ موجةً عاتيةً جاءتْ بهديرٍ مختلف، وهوتْ بثقلها على وجه خلود. الألم الحارق والاختناق. شهقتْ خلود وفتحتْ عينيها. يا له من حلم. وصلتْني من تحت باب الغرفة رائحة طبخٍ زكيّة. غالبتْني بسمةٌ باهتةٌ. يبدو أنّ إيزل لم تجلسْ مكتوفة اليدين. نظرت إلى الساعة، فوجدتها تجاوزت منتصف النهار. منذ متى وأنا نائمةٌ، وكيف عدت إلى البيت؟

خرجت من غرفتي إلى الحمّام. سمعتني إيزل والتفتتْ إليّ. أظنّها في الخامسة والعشرين من عمرها. لكنّها حين تبتسم تبدو كأنّها طفلة. طفلةٌ في الخامسة عشرة من عمرها.

«دقائق وسيكون الغداء جاهزًا»، قالت إيزل ثمّ خفضتْ رأسها. «معذرةً خلود. سمحت لنفسي بالتطفّل على مطبخك».

ضحكت وفوجئت من نفسي أنّني أخيرًا ضحكت.

«Mi casa es su casa»، قلت بالإسبانيّة، وأضفت: «سأستحمّ الآن. وبعد الغداء نجلس للحديث». حاولت أنْ أرسم على وجهي ابتسامةً مشجّعة. «إن كنت مستعدّةً للحديث فسيسرّني سماع حكايتك». اكتفتْ إيزل بإيماءةٍ من رأسها. أومأت لها بدوري، وأكملت طريقي نحو الحمّام.

بعد الغداء جلسنا في شرفة شقتي المطلّة على شارع محمّد الخامس. كانت إيزل تمسك بكوب الشاي الأخضر بكلتا يديها. عيناها تنظران من فجوة المباني الممتدّة أمام الكورنيش في اتّجاه الأمواج الهادئة ورمال الشاطئ البلديّ الذهبيّة، إلّا أنّها ساهمةٌ في أفكارها ترى داخلها أكثر ممّا ترى خارجها.

يا لسحر عطرها الذي وضعتْ منه قطراتٍ بعدما استحمّتْ. أريجٌ غريبٌ. أكاد أميّز فيه عبق الفانيلا الساحر مع نكهةٍ خفيفةٍ من الشوكولاتة. أكيد ثمّة أريج زيت البتشول، لكنّه يبدو مخفيًّا تحت طبقةٍ من المسك. هناك أيضًا النعناع الذي نادرًا ما سنجده في العطور النسائيّة. ميّزت أيضًا عبق يلانغ يلانغ المستخرج من شجرةٍ ذات أزهارٍ صفراء تكاد توجد حصرًا في الفليبين. كلّ هذا الأريج كان مغلّفًا بالياسمين. شعرت آنذاك بيقينٍ تامٍّ بأنّني شممت هذا العطر من قبل، لكنّي لم أتذكّرْ أين. متأكّدةٌ ليس في الشارع ولا في أيّ مكانٍ قريب، ولا حتّى زمنٍ قريبٍ من ذلك اليوم. هذا الأريج اختزنه أنفي ذات يومٍ منذ سنواتٍ بعيدة. جاهدت للتذكّر لكنّ الذكرى استعصتْ على التشكّل. شعرت بالارتباك وأيضًا بالانزعاج. شعرت بجسدي يتصارع مع ذاته بين طلب المزيد من الأريج وبين محاولة لفظه. أخفقت في التذكّر. يبدو أنّ ذكرى هذا العطر مدفونةٌ في أعماق ذكرياتي ولا سبيل لاستخراجها إلّا أنْ أتركها تأتي من تلقاء نفسها، كما يحدث حين تستعصي عليك

كلمةٌ ما، لا تجهدْ نفسك بالبحث عنها، فلن تجدها ولن تسلّم لك نفسها. اتركْها، ابتعدْ عنها، وأكملْ طريقك. ستأتي من تلقاء نفسها لاحقًا.

أعتقد أنّني خبيرةٌ نوعًا ما في أنواع العطور وطريقة تصنيعها، لكثرة ما قرأت عن ذلك ذات لحظة جنون، حين أردت كتابة روايتي الأولى على غرار رواية زوسكند: «العطر - قصّة قاتل». لكنّي كنت غبيّةً؛ إذْ غفلت تمامًا عن طبيعة تلك الروائح وقدراتها السرّية، وماذا يعني أنْ تجتمع كلّها في عطرٍ واحد. كلّ ما كنت أفكّر فيه تلك اللحظة: يا لجمال حزنها، إيزل.

وجدتني أتملّى في قسمات وجهها، وأتوه فيه رغمًا عنّي. عينان واسعتان لم يخف الحزن المترسّب فيهما لمعة الطفولة وبريق البراءة. وجنتان ناضجتان كحبّتي فراولة. شفتان مرسومتان بدقّةٍ تصل إلى حدّ الكمال، ترى الدم ينبض فيهما، وترى نبض الحياة، وترى الدعوة السرّية مكتوبةً هناك باسمك.

شعرت برعشةٍ خفيفة، واجتاحتْ رأسي سيول أفكارٍ لم أتخيّلْ نفسي يومًا قد أفكّر فيها. أغمضت عينيّ. لكنّ تلك المشاهد المتخيّلة انطبعتْ على مقلتيّ.

بلعت ريقي وأغمضت عينيّ. عدت أفتحهما سريعًا، وأخفقت في مقاومة النزول من الشفتين إلى تضاريس جسدها. بروز الثديين تحت قميصي الأبيض الذي اكتفتْ به قطعةً وحيدةً بعد الاستحمام، يغري بالتحديق إليهما، بل الهجوم عليهما والتهامهما. الفخذان العاريتان ليستا أقلّ شهيّةً من شفتيها النابضتين بالحياة. صعّدت عينيّ إلى ملتقى فخذيها وحدّقت إلى السواد الخفيف الذي يظهر تحت القميص. ابتلعت ريقي، مجدّدًا، بصعوبةٍ، وإيزل ساهمةٌ بعيدًا، أو لعلّها كانت تتظاهر. شعرت بقطرة عرقٍ باردةٍ تنزلق عبر ظهري. ارتفعتْ دقّات قلبي،

وأحسست بالبلل اللزج بين فخذيّ وانقباضات الفم بينهما الذي بدأ يتّسع.

انتفضت أجري إلى الحمّام، وصفقت الباب خلفي.

استندت إلى الباب، وحدّقت في المرآة. رأيت الرعب يسكن ملامحي. شعرت بالارتباك يفقدني ثبات وقفتي. أتذكّر جيدًا كيف كانت يداي تهتزّان وقدماي صارتا رخوتين. شعورٌ بالضعف والقهر معًا.

يا إلهي.

ذلك الشعور. ذلك الشعور...

مخيفٌ. مرعبٌ، فتّاكٌ، مزلزلٌ، ولذيذٌ.

ذلك الشعور مألوف.

لا. هذا غير ممكن. ضربت قبضتي على قلبي. صرخت. بكيت محاولةً طرد الأفكار التي تتردّد داخل رأسي.

جاءت الطرقة على الباب، وتبعها سؤال إيزل، «خلود، هل أنت بخير؟».

اندفعت إلى الأمام. استندت إلى الحوض بكلتا يديّ. وتقيّأت.

شهقت، بكيت، وتقيّأت مرّةً ثانيةً.

دفعتْ إيزل الباب. وجدتْني انهرت على الأرض. ساقاي مطويّتان تحتي. خدّي ملتصقٌ بالحائط. خصلات شعري المبتلّة ملتصقةٌ بوجهي. بعضٌ من القيء على صدري. حممٌ من النار صعدت من بركان معدتي، وحفرت أخاديد على امتداد بلعومي. النشيج صار مرحلةً ثالثةً للتنفّس بين الشهيق والزفير.

ربّتتْ إيزل كتفي، ووضعتْ يديها تحت كتفيّ تحاول إنهاضي. رفعت يدي لأستند إلى الحوض، ودفعت نفسي إلى الأعلى. أحاطتْني إيزل بذراعيها والتصق ظهري بصدرها الطريّ. سرت

الرعشة في بدني، وملت مجدّدًا على الحوض لأقذف ما بقي في معدتي من الحمم الصفر.

لم أستطع استيعاب ما يحدث لي. أيّ سحرٍ يتدفّق من مسامّ إيزل؟ لا أتذكّر أنّي كنت من قبل هشّةً كما الآن.

جاهدت نفسي، وابتسمت لإيزل التي بدأتْ تجزع.

«يبدو أنّني أفرطت في استخدام التوابل»، قالت معتذرةً.

طمأنتها أنّ الأمر بسيط.

الآن أعرف كمْ كنت ساذجةً، وأنّ الأمر لم يكنْ بسيطًا.

قلت إنّي أحتاج إلى النوم قليلًا وسأتحسّن. نظّفت وجهي وصدري، وتركت رأسي قليلًا تحت الماء البارد. أخبرت إيزل أنْ تتصرّف كأنّها في بيتها، وذهبت إلى الفراش. أظنّني لم أستغرقْ طويلًا حتّى غفوت، لكنّها لم تكنْ غفوةً مريحةً أبدًا. تبعني أريج عطر إيزل إلى عالم الأحلام. لم تكن المشاهد واضحةً، لكنّ الرائحة كانت تعبق من كلّ مكان. المشهد الأوّل كأنّه فصلٌ دراسيٌّ. على السبّورة درسٌ ما عن الإعراب الذي لم أفقهْ منه يومًا شيئًا. التلاميذ يبدون نيامًا. ساد الضباب حتّى حجب الرؤية تمامًا ثمّ حين بدأ يتلاشى وجدت نفسي ممدّدةً على أريكة الكشف الطبيّ. الإضاءة خافتةٌ. الجوّ يعبق برائحة شمع البتشول، ومن سمّاعاتٍ مدفونةٍ في السقف يتدفّق إيقاعٌ موسيقيٌّ متوحّش. لا شكّ في أنّه مقطعٌ من كارمينا بورانا؛ لا يمكنني أنْ أخطئ تلك الوحشيّة والشهوانيّة.

فتحت عينيّ. وتركت الدموع تنساب.

جسدي ما زال ينتفض. ظهري مبتلٌّ بالعرق والبلل اللزج بين فخذيّ يثير اشمئزازي. وصلتْني من تحت باب الغرفة رائحة طبخٍ زكيّة. غالبتْني بسمةٌ باهتة. يبدو أنّ إيزل لم تجلسْ مكتوفة اليدين. نظرت إلى الساعة، فوجدتها تجاوزتْ منتصف النهار. مرّتْ أربع

ساعاتٍ من التقلّب المرير على الفراش بحثًا عن سكينةٍ امتصّها ضباب الأحلام الكئيبة.

خرجت من غرفتي إلى الحمّام. سمعتني إيزل والتفتتْ إليّ. أظنّها في الخامسة والعشرين من عمرها. لكنّها حين تبتسم تبدو كأنّها طفلةٌ. طفلةٌ في الخامسة عشرة من عمرها.

«دقائق وسيكون الغداء جاهزًا»، قالت إيزل ثمّ خفضتْ رأسها. «معذرةً خلود. سمحت لنفسي بالتطفّل على مطبخك».

ضحكت، وفوجئت من نفسي أنّي أخيرًا ضحكت.

«البيت بيتك إيزل». قلت بالإسبانيّة.

اقتربت واستندت إلى إطار باب المطبخ. قاومت بياض فخذيها الذي يشدّني بقسوة، ونظرت إلى عينيها مباشرةً. «لا أعرف عنك شيئًا يا إيزل. لكنْ بشكلٍ ما أحسّ كأنّك أختي». بدتْ لفظة أختي غريبةً، مصطنعةً، غير حقيقيّة، ادعاءً كاذبًا، لكنّي قلتها بسرعةٍ وتابعت كلامي. «سأستحمّ الآن. وبعد الغداء سنجلس للحديث». حاولت أنْ أرسم على وجهي ابتسامةً مشجّعة. «إن كنت مستعدّةً للحديث فسيسرّني سماع حكايتك». اكتفتْ إيزل بإيماءةٍ من رأسها. أومأت لها بدوري، وأكملت طريقي نحو الحمّام.

# الحركة الثانية

# ساعي البريد
# لا يعرف العنوان

# المرايا المتقابلة

كان الغداء شهيًّا. تعرف إيزل كيف تتحكّم في خلطات التوابل ودرجـة حـرارة الطبخ أفضل منّي. أتبعت الغداء بإبريق شاي، وخرجنا مجـدّدًا إلى الشرفة. لكنّه الظهر الآن. نوافذ البنايات الأخرى مشرعةٌ والشارع مكتظّ. لم يعدْ مناسبًا أنْ تكتفي إيزل بقميصي القصير. ارتدتْ ملابسها، وأراحني ذلك كثيرًا.

حان الوقت للسؤال الأساسيّ، وما عاد بالإمكان تأجيله.

«لماذا أردت...» توقّفت أفكّر في كلمةٍ مناسبةٍ خفيفة. لم أجد إلّا الكلمة المباشرة نفسها. بدا التردّد على وجهي، أعتقد، فمنحتني إيزل ابتسامةً متعاطفة، مع بعض التشجيع. «لماذا أردت الانتحار؟» لفظت السؤال. أخيرًا.

احتضنتْ إيزل كأس الشاي بكفّيها وخفضتْ رأسها. تاهتْ نظراتها في أوراق النعناع في كأسها. مرّت أكثر من دقيقةٍ قبل أنْ ترفع رأسها. رأيت هذه المرّة وجهًا مختلفًا. اختفتْ نضارة وجهها تحت طبقاتٍ من الألم، والحزن، والمقت، والندم. لا أعرف هل حدسي بذلك الطباق المشاعريّ دقيق، لكنّ ذلك ما شعرت به فعلًا، ولا أملك لحدسي تفسيرًا.

- لا أعرف يا خلود كيف أو من أين يمكن أنْ أبدأ. كما قلت صباحًا البدايات كثيرات...

- لكنْ لا شكّ في أنّ النهاية واحدة.

رفعتْ إيزل حاجبيها، وبدا أنّها سهتْ مجدّدًا في خواطرها:

- دعي البدايات مؤقّتًا. ما رأيك أنْ تنطلقي من النهاية؟

«لا أظنّني»، عضّتْ إيزل شفتها السفلى وتنهّدتْ، «لا أظنّني كنت سأملك الجرأة للانتحار فعلًا. حتى لو لم تكوني أنت حاضرةً ما كنت لآخذ الخطوة الأخيرة، وأقفز إلى البحر»، تنهّدتْ من جديد. «لم أملك الشجاعة يومًا لأبادر بأيّ فعل. الآخرون تحكّموا دومًا في حياتي. حتّى مقتل العميد ش كان غير مقصودٍ لذاته».

أخرجتْ إيزل هاتفها، وتصفّحتْه بضع ثوانٍ، ثمّ مرّرتْه إليّ.

قرأت العنوان: «انتحار ضابطٍ في المخابرات المغربيّة في طنجة»، وانتقلت إلى الخبر: «بعد أسبوعٍ من الشائعات المتناسلة أصدرتْ مديريّة مراقبة التراب الوطنيّ بيانًا صحفيًا تؤكّد فيه أنّ الضابط المنتحر الذي قفز من شرفة فيلته في منطقة سيدي قاسم، الاثنين الماضي، يعمل فعلًا في المديريّة برتبة عميد. لم يتركْ أيّ رسالةٍ يشرح فيها دواعي الانتحار. لم يختف شيءٌ من البيت، ولا توجد أيّ آثارٍ لعراك، ممّا يتركنا حصرًا أمام فرضيّة انتحار الهالك. أفاد شاهدٌ عيانٌ للصحيفة أنّ الهالك كان يستقبل في الفيلا، دوريًّا، فتياتٍ افترض الشاهد من لباسهنّ أنّهنّ مومسات. لم يتطرّقْ بيان المديريّة إلى هذه النقطة، كما رفض مسؤول التواصل في مديريّة طنجة للأمن الوطنيّ التعليق. حاولنا التواصل مجدّدًا مع الشاهد العيان الذي يعمل حارسًا للسيّارات، لكنّه لم يكنْ متاحًا، وأشار الجيران إلى أنّه متغيّبٌ عن المكان منذ أيّام».

أعـرف أنّ عـددًا كبيرًا من الفتيات المحترفات يعملن، مرغماتٍ، مخبراتٍ لرجال الشرطة وضبّاط المخابرات وحتّى لأعوان السلطة من الدرجة الدنيا. أعرف أنّ بعض الرجال منهم مخلصون لعملهم، ويحاولون تجميع وتحليل أيّة معلوماتٍ تأتي بها الفتيات عن زبائنهنّ. لكنْ أعرف أنّ الكثيرين من أولئك الضبّاط لا يفعلون سوى ابتزاز الفتيات، يقتطعون نسبةً من دخلهنّ

وأحيانًا ساعاتٍ من وقتهنّ. أعتقد أنّني أعرف أسماء كلّ أولئك الضبّاط. لكنّني لا أعرف أحدًا منهمْ يأخذ الفتيات إلى فيلّات شاطئ سيدي قاسم.

كأنّ إيزل قرأتْ أفكاري. قالت بصوتٍ متقطّعٍ يكاد البكاء، الذي تكبته، يخنقه: «لم يكنْ العميد ش يشغّل مومساتٍ محترفات. بل كان يدير شبكةً خاصّةً به من نساءٍ خارج مجال الدعارة جنّدهنّ بنفسه للإيقاع برجالٍ يحدّدهمْ هو. أحيانًا يهدف إلى تجميع معلوماتٍ تنفلت من ألسنتهم حال سكرهم. لكنّه غالبًا يهدف إلى تصوير اللقاءات في غرفة النوم ثمّ ابتزازهم».

شهقت إيزل، وغطّتْ وجهها بكفّيها. «كنت إحدى النسوة اللواتي أوقع بهنّ العميد ش، وأرغمني على العمل في شبكته. اصطادني من محكمة الأسرة حيث كنت تائهةً بين أروقتها، وحيدةً، طيلة أشهرٍ لإتمامي إجراءات طلاقي. عرض عليّ مساعدته لإنهاء القضيّة فورًا، مقابل مساعدة الإدارة للإيقاع بجاسوسٍ إسبانيّ. أطبق عليّ الصيّاد بلا رحمة». قالت من بين نشيجها، وأضافتْ قبل أنْ تستسلم لنوبةٍ من البكاء: «في البداية فهمت أنّ طلباته لصالح الأمن الوطنيّ. لكنْ عرفت لاحقًا أنّه يستغلّنا لخدمة مصالحه الشخصيّة. لم أكن الوحيدة في جيبه، ولديه تسجيلاتٌ مصوّرةٌ لكلّ واحدةٍ منّا تديننا بالفساد. كنت قد تورّطت آنذاك. ولم يكنْ أمامي من مفرّ».

انقبض قلبي. اقتربت منها ومسّدت على ذراعها. «لا بأس عليك حبيبتي. أعتقد أنّ من الأفضل أنْ تقصّي الحكاية من البداية».

أومأتْ إيزل. حضنت كفّها وضغطت قليلًا حتّى استكانت وتوقّفتْ عن البكاء.

عدت إلى مقعدي،
وانطلقتْ إيزل تحكي من البداية.

# ثقبٌ في القلب

كان عمرها أربعةً وعشرين حين تعرّفتْ إيزل إلى هشام، وكان يكبرها بعشرين عامًا.

الزميلات كلّهنّ حذّرنها منه في يوم عملها الأوّل في الصحيفة. حسنًا، لم تكنْ تحذيراتٍ جدّيةً بقدر ما كانت مهاتراتٍ من القيل والقال، نميمةً تتفرّغ لها الزميلات كلّما التقين عند آلة إعداد القهوة، وخلال استراحات الغداء، وخلال ركوب المصعد صعودًا ونزولًا، وما بين كلّ تلك الأوقات.

بعد أنْ حصلتْ على الإجازة في اللغة الفرنسيّة وآدابها من كليّة الآداب في مدينة مارتيل عادت إلى طنجة. وانخرطتْ عامين في «مدرسة الملك فهد العليا للترجمة» لتحصل على دبلوم مترجمٍ تحريريّ، كمترجمةٍ محترفة، بدرجة ماجستير، بين اللغات العربيّة والفرنسيّة والإنجليزيّة، ثمّ انضمّت مباشرةً لفريق الترجمة والتحرير في «أزمنة طنجة»، المؤسّسة الإعلاميّة الوحيدة في المدينة التي ترى إيزل أنّها تعمل بحدٍّ أدنى من المهنيّة والاحترافيّة الصحفيّة.

تعرف إيزل أنّ الصحافة الورقيّة تكاد تلفظ أنفاسها الأخيرة في المغرب، ليس لأنّ الصحف توقّفت عن الصدور فهي لن تتوقّف عن الصدور ما دامت تحصل على نصيبها من كعكة اقتصاد الريع، بل لأنّ القرّاء عزفوا عنها مهاجرين إلى صحافة الشائعات والأخبار الزائفة على الإنترنت التي لا هدف لها إلّا رفع النقرات

وعدد المشاهدات، بأيّ طريقةٍ وبكلّ طريقة، لتحصيل إيرادات المعلنين. ثمّة استثناءاتٌ قليلةٌ، وأحدها هو الصحيفة المحليّة «أزمنة طنجة» التي تصدر مرّتين في الأسبوع، كلَّ اثنين وخميس، مع نسخةٍ إلكترونيّةٍ تحدّث عند ورود أيّ خبرٍ جديد. أمّا غالبية الصحف الأخرى، فهي تصدر فقط لضمان حصول أصحابها على ملايين الدعم، التي يحلبونها من أثداء الحكومة، بجانب الإعلانات الإجباريّة بتهاني مناسبات الأعياد الوطنيّة والدينيّة التي يبتزّونها من أصحاب الشركات الخاصّة ومديري المؤسّسات الحكوميّة.

للتذكير سيادة المفتّش، ما كتبته هو كلام إيزل وآراؤها الشخصيّة. تعرفون أنّني عازفةٌ عن السياسة ولا رأي لي في الأحداث الجارية.

جاءت إيزل لتشتغل ولتتعلّم ولتحصل على الخبرة المطلوبة في انتظار الفرصة التي ستنقلها إلى غرفة الترجمة في الأمم المتّحدة، ولا وقت لديها لتعيش قصّة حبٍّ جديدة. لهذا لم تهتمّ بكلام زميلاتها اللواتي حذّرنها من العينين القانصتين لهشام اللتين تتابعان بتلذّذٍ كلّ المفاتن الأنثويّة، قبل أنْ يرمي بكلماته العذبة لاصطياد الوافدات الجديدات. في الحقيقة هنّ يبالغن. فهشام، كما ستعرف إيزل لاحقًا، رغم أنّه يستحقّ عن جدارة لقب دون جوان، كان يمارس ألاعيبه بعيدًا عن مكان عمله، ولم يكنْ يقترب من أيّ واحدةٍ في الصحيفة. ربّما لهذا السبب كنّ ينشرن عنه الشائعات، لأنّه كان بعيدًا عنهنّ. أو ربّما لأنّهنّ كنّ يسئن تأويل نظراته، الناعسة، ليس إلّا.

لم تكنْ إيزل تهتمّ بذلك فلا نيّة لها أنْ تسمح لأيّ رجلٍ بالاقتراب منها. لا تريد أيّ حبٍّ جديدٍ بعد التجربة العاصفة التي مرّتْ منها خلال سنوات الكليّة الثلاث، وتطلّبتْ منها عامين بعد ذلك للتخلّص من آثارها. لا تريد شيئًا من ذلك وعيناها مصوّبتان

على حياةٍ مهنيّةٍ واعدة. لكنّها كانت بريئةً جدًّا، ولم تكنْ تعلم شيئًا عمّا تخبّئه لها الأيّام. على غفلةٍ منها سيأتي إعصار الحبّ الذي سيربطها مع هشام، وسيختم الحبّ زواجًا، وسيثمر الزواج حملًا غير مخطّطٍ له وطفلًا مجهضًا قبل اكتمال نموّه، وستنقلب حياة إيزل رأسًا على عقب.

بطل تجربتها الأولى في الحبّ اسمه رشيد، وهو لم يحملْ من رشد اسمه شيئًا. المشترك بينهما شيءٌ واحدٌ لا غير. كلاهما يدرس التخصّص نفسه ويشتركان في الحصص كلّها، ولا يجمع بينهما أيّ شيءٍ آخر. على المستوى البدنيّ هي نحيفةٌ (كانت نحيفةً آنذاك. أمّا اليوم فهي مكتنزةٌ قليلًا: ليست سمينةً، بل مكتملة النموّ بارزة المفاتن). هي متوسّطة الطول تميل إلى القصر، ورشيد طويلٌ عريضٌ يميل إلى الضخامة. شعرها حريريٌّ طويلٌ وأنفها دقيقٌ وشفتاها رقيقتان، وهو ذو أنفٍ أفطس وشفتين غليظتين ورأسٍ حليق. هي اختارتْ هذا التخصّص لأنّها تطمح إلى احتراف الترجمة، وهو اختاره لأنّ الجميلات يخترنه وهو لا حاجة إليه للدراسة، ففي النهاية هو الوارث الوحيد لمصنع النسيج الذي يملكه والده في طنجة. هذه تفاصيل لم تعرفها إيزل إلّا لاحقًا.

لقاؤهما الأوّل كان في أسبوع الدراسة الأوّل. تتذكّر إيزل التفاصيل كلّها، ووصفتْ لي اللقاء كما تصف فيلمًا سينمائيًّا، مشهدًا بعد مشهد.

تغيّبت أستاذة الأدب الفرنسيّ. انتظر الطلّاب ربع ساعةٍ في المدرج، ثمّ بدأوا يغادرون تباعًا. كانت إيزل ترتّب حقيبتها استعدادًا للمغادرة حين سقط عليها ظلٌّ ضخمٌ نطق بفرنسيّةٍ أنيقة، وهو يمدّ يده للمصافحة، «اسمي رشيد. اسمحي لي بشيئين، أوّلًا أنْ أعبّر عن إعجابي بجمالك وبأناقتك وبذكائك...».

«ذكائي؟ كيف استنبطت ذلك يا ذكيّ؟»، قاطعتْه ساخرةً بفرنسيّةٍ لا تقلّ أناقةً عن فرنسيّته، وثبّتت عينيها في عينيه.

«عرفت ذلك من مداخلتك خلال حصّة تاريخ الآداب». قال بعينين أسكنهما عتابًا مفتعلًا، وأشار إلى يده المعلّقة، وأضاف بالإسبانيّة: «هل ستتركين يدي معلّقةً آنسة...؟».

«إيزل. إيزل العمراني». رفعتْ يدها وصافحتْه، رغم امتعاضها من اقتحامه ومن غروره الذي ظهر لها من استعراضه المفرط لقدراته اللغويّة. «تشرّفْنا». ضغط على يدها بلطفٍ، ولم يحاولْ إفلاتها. «أمّا الشيء الثاني فهو أنّني أريد دعوتك إلى فنجان قهوة، أم تفضّلين كأس عصير؟ ثمة مقهًى هادئٌ قريبًا من هنا».

لم يتردّد. يعرف هذا الفتى جيّدًا ما يريده. أمّا إيزل فلم تكنْ تعرف ما تريده، هي الفتاة الغرّة الساذجة اجتماعيًّا، رغم ذكائها الواضح، المنحدرة من أسرةٍ صغيرةٍ وبيتٍ لم تغادرْه وحدها طيلة سنوات عمرها التسع عشرة، إلّا إلى المدرسة ذهابًا وعودة.

ارتبكتْ من دعوته المباشرة. أرادت الرفض كما تفعل منذ سنوات الدراسة الثانويّة، حين كانت تصدّ عنها كلّ زملائها المراهقين. إلّا أنّه لم يمنحْها الفرصة. مرّر لها حقيبة يدها، وأشار بيمينه الممدودة وبانحناءةٍ مسرحيّةٍ خفيفةٍ قال: «النساء أوّلًا». ولم ترفضْ. تمكّن بشخصيّته الطاغية من أنْ يفرض نفسه عليها، وستبقى أسيرةً له طيلة ثلاث سنواتٍ، حتى ينفضها في النهاية كما ينفض سجائره.

النساء أوّلًا. هل تعرف إيزل قصّة هذه العبارة التي يُفترض أنّها تدلّ على احترام المرأة، لكنّها حقيقةً تدلّ على عدم الثقة بالنساء؟ لا أظنّها تعرف، وإليك القصّة سيّدي المفتّش: أحبّ شابٌّ من عائلةٍ ثريّةٍ، عاش في إيطاليا القرن الثامن عشر، فتاةً من عائلةٍ فقيرةٍ، لكنّ عائلته، كما هي العادة منذ الأزل، رفضتْ هذا

الارتباط. فقرّر الحبيبان الانتحار معًا بالقفز من أعلى جرف وادٍ. قفز الشابّ أوّلًا، وحين رأت الفتاة سقوط حبيبها تراجعتْ عن قرارها، وعادتْ إلى قريتها. انتشرت القصّة، قصّة حكايتها، وظهرتْ عبارة «النساء أوّلًا»، ضمانًا حتّى لا تتراجع المرأة عن قرارها. أمّا في عصرنا فالأمر لا يعني ذلك كما لا يعني بالضرورة الاحترام. بل هي فقط رغبة الرجل في أنْ يحدّق في المرأة من الخلف.

«كانت علاقةً بريئةً لم تخلُ، بين وقتٍ وآخر، من المتع الصغيرة والسريعة المسروقة خلف أشجار الممشى في الكليّة». قالت إيزل واحمرّتْ وجنتاها. صارتْ فتنتها طاغية. جفّ حلقي وتسارعتْ دقّات قلبي مرّةً أخرى. نفضت تلك الأفكار من رأسي، وحاولت التركيز مع حكايتها.

اكتفتْ إيزل بالقبلات المسروقة في أماكن مختلفة، ولم تسمحْ له بأكثر من ذلك رغم طلبه المزيد أكثر من مرّة. لم تفلحْ شخصيّته المهيمنة في أنْ يحصل منها على ما يريد. أحبّته حقًّا، إلّا أنّها لم تستوثق من حبّه لها، فرغم رقّته معها، كثيرًا ما كان يفقد السيطرة على أعصابه ويكشف عن قسوةٍ تخيفها.

ذات مرّةٍ دعتْه إلى مشاهدة فيلمٍ في السينما. قرأتْ من قبل عن ذلك الفيلم وتحمّستْ لمشاهدته. هو فيلم «صبا». صُوّر الفيلم خلال فتراتٍ متقطّعةٍ امتدّتْ إلى أحد عشر عامًا. اعتمد المخرج على طاقم التمثيل نفسه، متتبّعًا تقدّمهمْ في العمر، كما شخصيّات الفيلم. أخذتْ إيزل هاتفها، وقرأتْ لي ملخّص قصّة الفيلم، من ويكيبيديا. عَدَّه نقّادٌ بارزون علامةً فارقةً في مجال صناعة الأفلام. لم تُثرني قصّة الفيلم، ويبدو أنّ رشيد كذلك شعر بمثل شعوري. بعد دقائق قليلةٍ من تشغيل عرض الفيلم أحسّ بالملل، ولم يتحمّل البقاء. أراد مغادرة قاعة السينما، لكنّها لم ترد. أطبق على معصمها، وجرّها إلى الخارج. آلمها كثيرًا

وحين صرختْ أرخى يده، فأبعدتْ يدها لتجد أنّ أصابعه طبعتْ بصماتها على معصمها، وستبقى الآثار لساعات. نظر مدهوشًا إلى يدها، وطفق يعتذر مؤكّدًا أنّه لم يقصد. ترقرقتْ عيناها بالدموع. تجمّد واقفًا ثواني ثمّ ضمّها إلى صدره، وهمس في أذنها: «آسفٌ حبيبتي». تلك هي أوّل «حبيبتي» يقولها. دفنتْ وجهها في صدره، وابتسمتْ، ثمّ بكت. بكتْ حتّى ابتلّ قميصه بأمطار عينيها.

ذات مرّةٍ أخذها رشيدٌ إلى حفلة عيد ميلاد أحد أصدقائه في طنجة. جاء بها بسيّارته من مارتيل، ووعدها ألّا يتأخّرا وأن يعودا قبل الحادية عشرة. قبل أنْ تقفل أبواب الحيّ الجامعيّ. كان الحفل في إحدى فيلّات حيّ السوريّين، أراد به أصحابه التشبّه بحفلات المراهقين الأميركيّين. عدد الحضور كبيرٌ، وكلّهم في بدايةِ العشرينات من أعمارهمْ أو أقلّ قليلًا. أغلب الفتيات يلبسن بأسلوب لم تتخيّلْ إيزل أنْ تراه خارج المسلسلات الأميركيّة. تعثّرتْ في مشيتها وارتبكتْ. أحسّتْ كأنّها انتقلتْ إلى عالمٍ مختلفٍ تمامًا، وشعرتْ بنفسها كأنّها فتاةٌ قرويّةٌ من القرن الماضي بتنّورتها الطويلة وقميصها الذي لا يكشف من عنقها إلّا القليل. مع سترةٍ تغطّي يديها حتّى المعصمين.

استأذنتْ رشيد أنْ تذهب إلى الحمّام. تخطّتْ بصعوبةٍ الأجساد المتلاصقة. دفعتْ باب الحمّام، وتجمّدتْ في مكانها أمام فتاتين تتمايلان بجنون؛ الشفتان تمصّان الشفتين والأصابع تجول بنهمٍ على كامل الجسد. شهقتْ إيزل. دارت بها الأرض وشعرتْ بالاختناق. أرادت المغادرة فورًا، واستغرقتْ بعض الوقت قبل أنْ تعثر على رشيد. وجدتْه جالسًا رفقة أصدقائه يمرّرون في ما بينهمْ سيجارةً مشتعلةً تنبعث منها رائحةٌ نفّاذةٌ غير معهودةٍ عندها، وعلى الطاولة أمامهمْ قنانٍ زجاجيّةٌ لأنواعٍ مختلفةٍ من البيرة. طبعًا إيزل لم تعرفْ آنذاك أنّها بيرةٌ، كلّ ما

عرفتْه أنّ تلك المشروبات هي خمر. لاحقًا بعد وفاة طفلها عدنان وتعرّفها إلى العوالم السرّية التي جرّها إليها العميد ستكتسب معرفتها بأنواع الخمور، وكيف يختلف كلّ شرابٍ منها عن الآخر. راعها أنْ رأتْ فتاةً في مثل عمرها جالسةً على حجر أحد الشباب تشاركهم سيجارتهم وكأسهم، وتنّورتها القصيرة منحسرةٌ تمامًا عن فخذيها، وتكشف اكتناز الشفرين لكلّ قادمٍ من الباب أنْ يتلصّص. ولو أنّه لا حاجة إلى التلصّص هناك حيث الأجساد كلّها متاحةٌ والرغبات مشبعة.

أشارتْ إيزل، وهي تقاوم التقيّؤ، إلى رشيدٍ، وضغطتْ أصابع يديها المتشابكتين إلى معدتها. نهض إليها متثاقلًا بعد أنْ سحب نفسًا طويلًا من السيجارة. ماذا هناك حبيبتي؟ خذي راحتك واستمتعي بوقتك.

- لا أستطيع التحمّل. دعْنا نغادر.

مطّ رشيد شفتيه، ووضع يديه على خصره. رأت إيزل امتعاضه وعرفت أنّه سيرفض فاقتربتْ منه أكثر. وأرغمتْ نفسها على استنشاق الرائحة الملتصقة به من التدخين. أمسكتْ يمناه بيديها، ونظرتْ إلى عينيه مباشرةً، ثمّ أرختْ جفنيها واستعطفت: «أرجوك حبيبي. دعْنا نغادر».

«لا». لم يقلْ شيئًا غير تلك اللا القاطعة الرافضة، واستدار عائدًا إلى مجلسه. تجمّدتْ إيزل في مكانها غير مصدّقة. بدأ صدرها يعلو ويهبط ودقّات قلبها تتسارع. استدارتْ على عقبيها، وخرجتْ بسرعةٍ قبل أنْ تخونها عيناها أمام الآخرين. ابتعدتْ قليلًا عن الفيلّا التي ما زال يصلها منها صوت الموسيقى الصاخبة، ثمّ سلّمتْ نفسها للبكاء.

أقسمتْ ليلتها، وقد مرّ عامان على تعارفهما، أنْ تقطع علاقتها نهائيًّا بهذا الوغد المدعوّ رشيد، وهي تسرع في خطوها

حتى تكاد تجري لتقطع المسافة القصيرة بين حيّ السوريّين والمحطّة الطرقيّة. وجدت الحافلة الأخيرة نحو تطوان قد انطلقتْ فانعطفت تركض نحو بوّابة الخروج لعلّها تلحق بها. الساعة تشير إلى التاسعة ليلًا. أمامها خمسٌ وخمسون دقيقةً قبل الوصول إلى تطوان ثمّ عشرون دقيقةً أخرى قبل الوصول إلى الحيّ الجامعيّ في مارتيل. لحسن حظّها كانت أبواب الحيّ الجامعيّ في تلك السنوات تبقى مفتوحةً حتّى منتصف الليل، لا كما الآن حيث فرضتْ وزارة الداخليّة إقفالها عند الثامنة مساءً.

جاءها رشيد في اليوم التالي يعتذر. اعتذر طويلًا، ولم يجدْ أمامه إلّا أذنين مصمتتين. تغيّب بعدها لأسبوعٍ كاملٍ عانتْ فيه إيزل من الحزن والاكتئاب. لم يكنْ يشغلها، وهي تتحقّق من هاتفها بين دقيقةٍ وأخرى، سوى الندم على العامين اللذين ضيّعتْهما مع هذا الشابّ الرقيع الذي تخلّى عنها بسهولةٍ لمجرّد أنّها رفضت اعتذاره، ولم يبذلْ جهدًا كبيرًا للاحتفاظ بها.

حين مرّ الأسبوع عاد رشيد، وفي الحصّة الدراسيّة الأولى لذلك اليوم، عند الثامنة صباحًا بالضبط، وقف بجانبها ووضع على طاولتها ما يبدو أنّه صندوقٌ صغيرٌ غُلّف بأناقة، ثمّ ذهب دون أيّ كلمة. لم تملكْ صبرًا للانتظار، فهجمتْ على الهديّة ومزّقت ورق التغليف من فورها، ولم تملك سيطرةً على شهقة الدهشة التي انفلتت منها. أمسكت الورقة الصغيرة المكتوب عليها «آسف حبيبتي»، وتأمّلتْ فيها قليلًا والبسمة مرتسمةٌ على شفتيها، ثمّ عادتْ إلى الصندوق الأبيض الذي يحمل على وجهه صورةً مطبوعةً لواجهة الهاتف الذكيّ الذي طالما حلمتْ به. وضعت البطاقة جانبًا، وفتحت الصندوق بلهفة. اغتبطت ورقص قلبها، وأناملها تتلمّس بحنانٍ شاشة الإصدار الأحدث من هاتف آيفون ذهبيّ اللون.

تعرف أنّها تحبّه، بل غارقةٌ في غرامه، ولم يكنْ بحاجةٍ إلى تلك الهديّة الفخمة لتسامحه، وقد سامحتْه المسكينة غير عالمةٍ بأيّ حزنٍ يخبّئ لها.

مضى عامهما الثالث بسرعة، دون أنْ تعكّره أيّة أحداث، إلّا خلافاتٌ صغيرةٌ من الخلافات المعتادة بين أيّ زوجين، أو حبيبين. لم يتحدّثا يومًا عن الزواج، غير أنّها اعتبرت الأمر تحصيل حاصل. صارت تسمح له بإدخال يده تحت ملابسها. يضغط نهديها ويداعب، بحرصٍ أصّرتْ عليه، الجزء الخارجيّ من عضوها، كما سمحتْ لنفسها بأنْ تستكشف العضو الصلب بين فخذيه.

انتهت السنة الدراسيّة وتجمّع طلبة الكليّة، في يوم إعلان النتيجة، أمام لوحات النتائج. جاءتْ إيزل ضمن الخمسة الأوائل، وحصل رشيد على نتيجةٍ لا بأس بها. باركتْ إيزل لحبيبها نجاحه، وبارك لها تفوّقها، ثمّ صمتتْ باحثةً عن صيغة السؤال المناسبة.

«ما خطوتك التالية؟». قالت، ولم يكنْ ذلك هو السؤال الحقيقيّ الذي أرادتْ أنْ تسأله. أرادتْ أنْ تسأله عن مستقبلهما وخطوتهما التالية معًا، ومتى سيأتي مع عائلته لخطبتها. وقد أجاب عن ذلك السؤال، وأجاب عن كلّ أسئلتها التي لم تسألْها.

قال، وعيناه تنظران إلى البعيد خلف رأسها، إنّ والده صفّى أعماله في طنجة. باع المصنع والعقارات التي يملكون. وسيرحلون هذا الصيف إلى إسبانيا. لم يعد الأب مطمئنًّا إلى العيش في المغرب. سيستثمر جزءًا من ثروته لشراء عقاراتٍ في إسبانيا وهو ما سيمنحه تلقائيًا حقّ الحصول على الجنسيّة.

زمّ رشيد شفتيه، وكرّر عبارة والده: «لم يعدْ في هذا البلد ما يستحقّ العيش». ثمّ انحنى وطبع قبلةً عند ركن شفتيها، وقفز إلى سيّارته مغادرًا دونما كلمةٍ إضافيّة.

لم يستغربْ أحدٌ من الذين رأوا إيزل تسقط مغشيًّا عليها. حسبوها مجرّد فتاةٍ أخرى فقدتْ الوعي لأنّها فوجئتْ بالرسوب.

قامت لاحقًا بعد أن رشّت عليها إحداهنّ قطراتٍ من الماء. وقفت صامتةً مصفرّة الوجه، وأخذتْ طريق عودتها إلى طنجة حيث قضت الصيف كاملًا في البيت لا تكاد تخرج منه أبدًا، إلّا للضرورة القصوى. أغرقتْ نفسها في القراءة والبحث استعدادًا لمرحلة الماجستير. أقسمتْ أنّها ستقفل على قلبها، ولن تترك رجلًا يخطو إلى هناك أبدًا. استطاعتْ أنْ تحفظ قسمها طيلة العامين التاليين، لكنّ أمور القلب لا تنفع معها الأيمان ولا حتى أغلظها. على غفلةٍ منها سيتسرّب حبّ هشام إليها، على مهلٍ وخطوةً بعد خطوةٍ سيذيب الجليد الذي غلّف قلبها، وكذلك سيحدث مع هشام نفسه.

خلال انشغالها بوظيفتها الأولى متنقّلةً من ترجمةٍ إلى أخرى، خلال انشغالها بأمورها الحياتيّة اليوميّة، ناسيةً متناسيةً أشياء اسمها الحبّ والرجل والزواج، خلال تلك الانشغالات، طرق الحبّ بابها وأطلّ برأسه، باستحياء بدايةً قبل أنْ يهجم عليها بكلّ عنفوان الحياة شلّالًا جارفًا أخذها إلى عوالم لم تحلم يومًا بزيارتها، عوالم لم تتوقّعْ قطعًا وجودها. نزل عليها الحبّ كصاعقة، مزّقها إربًا وأعاد تشكيلها كيفما شاء. جاء الحبّ وحوّل حياتها فوضى عارمة، وجعلها تعيش سعادةً ظنّتْ أنّها لن تنقضي. وهي لم تنقضِ إلّا بعد ظهور أعراض الحمل غير المخطّط له.

قرّرا تأجيل الإنجاب إلى سنواتٍ لاحقة. إيزل لا تزال صغيرةٌ، وتفضّل التركيز على حياتها المهنيّة، وهشام لديه بنتان من زوجته الأولى، كما أنّ الطلاق استنزفه ماديًا، وسيصعب عليه إعالة طفلٍ جديد. لكنّ الاعتماد الحصريّ على العزل مقامرةٌ. هي رفضتْ تناول حبوب منع الحمل. أخطارها الصحّية، كما قالت،

أكبر من نفعها. لكنّهما وجدا أيضًا أنّ العازل الذكريّ يحرمهما من تلبية شهوتهما، فقرّرا استخدام الورقة والقلم لاعتماد العزل خلال أيّام التخصيب.

تنهّدتْ إيزل ودمعتْ عيناها. عادتْ نظراتها إلى السهو في اتّجاه زرقة البحر، وسكتّ بدوري محترمةً صمتها.

مرّت دقيقة، والتفتتْ إيزل إليّ. «أخشى أنّني أثقل عليكِ بحكايتي».

«لا، أبدًا»، قلت، وانحنيت إليها واضعةً كفّي بتلقائيّةٍ على فخذها. شعرت بحرارةٍ لافحةٍ تنتقل من فخذها إلى يدي، وأحسست بدقّات قلبها عبر شريانها الفخذيّ. سحبت يدي بسرعةٍ كأنّي أهرب من لدغة أفعى. لاحظتْ إيزل ذلك وابتسمتْ. مدّتْ يدها ومسّدتْ فخذي. «لا بأس خلود»، قالت. داريت ارتباكي ولهفةً بدأتْ تطلّ برأسها بعد دعوتها غير المباشرة.

سعلت وسألتها: «ماذا بعد ذلك؟».

- مرّ أوّل شهرين على ما يرام. لكنْ في منتصف الشهر الثالث وقعت الفأس في الرأس، كما يقولون. حدست على نحو غامض بأنّ حظّنا قد نفد. لذلك، بعد أسبوعين، وما إن تأخّرتْ دورتي يومًا واحدًا حتّى هرعت إلى شراء اختبار الحمل المنزليّ.

- وكانت النتيجة إيجابيّةً؟

زمّتْ إيزل شفتيها، عقدتْ ذراعيها على صدرها وأومأتْ.

يومذاك انتهى شهر العسل للزوجين. لم يتقبل هشام ذلك الحمل المبكر جدًّا، ولا إيزل. دخل الاثنان فترةً من الكآبة وبعض المناوشات.

«لم يكنْ هشام ملاكًا». قالت إيزل تحكي عن هشام؛ ممّا حكاه هو لها عن نفسه.

يحبّ وصف نفسه بأنّه مجرّد إنسانٍ عاديٍّ له كلّ مزايا وعيوب الإنسان الذي تخلّى عن الجنّة وتاه في هذه الأرض الجرداء. توقّف عن التدخين حين علم، على حين غفلةٍ، أنّه أطلّ على منحدر الثلاثين. لكنّه لم يتغلّب على إدمانه الخمر إلّا حين تمكّن منه حبّ إيزل. علاقاته النسائيّة، قبل إيزل، متعدّدةٌ إلى درجة أنّه لا يذكر كم امرأةً عرف. صارح هشام إيزل بذلك، ولم ينقصْ ذلك شيئًا من حبّها له. لقد سلّمتْ نفسها إليه من قبل، وأدمنت التحليق في السماوات التي ينجح أحيانًا في إيصالها إليها.

لطالما عرفتْ زوجته الأولى عن مغامراته النسائيّة، إلّا أنّها بعد فترةٍ استسلمتْ وتوقفتْ عن الشكوى. ما عادت تتعب نفسها، كما من قبل. كانت تصرخ وتنتفض وتشقّ صدر ثوبها كلّما عاد إلى البيت مخمورًا، وتقلّب أثاث البيت، وتكسر كلّ ما يمكن تكسيره، ثمّ تذهب إلى بيت والديها بضعة أيّامٍ، كلّما اشتمّتْ فيه رائحة أنثى أخرى، قبل أن يأتي معتذرًا، ويعيدها إلى عشّهما. ذات مرّةٍ لم تتحمّلْ وأخذتْ طفلتها، طفلتهما الأولى، وذهبتْ إلى بيت والديها ولم تعد. طلبت الطلاق وحصلتْ عليه في لحظة انفلاتٍ عصبيٍّ من هشام. مرّتْ بضعة أشهرٍ، ثمّ تدخّل أولاد الحلال للربط بينهما مجدّدًا، فعادتْ إلى بيتها مع ابنتها، وبعد تسعة أشهرٍ تاليةٍ انضمّت إليهما ابنتهما الثانية. أدركتْ آنذاك أنّ الطلاق لم يعدْ خيارًا، لا لها ولا لهشام، ولم تعدْ بعد ذلك تلتفت إلى نزوات زوجها الخارجيّة ما دام يأتي أوّل كلّ شهرٍ بكامل مصروف البيت، ولا يعود إلى البيت ظاهر السكر، ولا يأتي إليها بأمراض بائعات الهوى، وهي على أيّ حالٍ عفّت النوم معه. هل كان يحبّ زوجته آنذاك؟ سألتْه إيزل وأجاب بأنّ من الصعب الجزم بذلك. جاء الزواج بتخطيطٍ مسبقٍ من أخته، ولم يمانع. لم يؤمن يومًا بشيءٍ يُسمّى الحبّ من النظرة الأولى، بل يعتقد

أنّ الحبّ يأتي من الألفة والتعوّد. يمكن القول إنّه لم يكنْ عاشقًا ولهًا بزوجته، وإلّا ما كان ليبحث عمّا ينقصه لدى الأخريات، وقد اعترف لإيزل بأنّ التوافق الجنسيّ بينه وبين زوجته منعدمٌ ومتعتهما المشتركة محدودةٌ جدًّا، لكنّ سنوات الزواج الأربع عشرة لا بدّ من أنْ تخلق شيئًا من الألفة، خاصّةً مع وجود بنتين جميلتين يعتبرهما هشام أفضل ما حدث له. الكبرى سمّاها مها، لعينيها الواسعتين اللتين سحرتاه تمامًا حين حملها بين ذراعيه أوّل مرّة. كان عمرها، يوم تعرّف إلى إيزل، ثلاثة عشر عامًا. الثانية عمرها سبع سنوات. أمّها سمّتْها نور. لم يعترضْ هشام على الاسم لكنّه لم يتحمّسْ أن تأخذ ابنته اسمًا بتأثيرٍ من المسلسلات التركيّة المدبلجة التي كانت تبثّها آنذاك جلّ الفضائيّات العربيّة على مدار اليوم. لم يتخيّلْ أنّه سيحبّ يومًا امرأةً تحمل اسمًا تركيًّا خالصًا. سأل إيزل يومًا عن معناه، فقالت إنّه يعني الخلود. اعترف لها هشام بأنّ نقطة ضعفه هي النساء. يدرك أنّ ما يجذبه إلى النساء مجرّد علاقاتٍ سريعةٍ عابرةٍ لا تطول أكثر من الشهر إلّا نادرًا جدًّا. لهذا كانت دهشته عارمةً حين وجد أنّ حبّ إيزل عشّش في قلبه، وفرّخ وكبر حتّى أحسّ أنّ حبّه لها لو وزّعه على العالم كلّه لكفى ولبقي له ما يكفي العمر كلّه. منحه ذلك الحبّ القوّة ليتجلّد ويتحمّل أشهرًا من العذاب بين أروقة المحاكم، حتّى ينفصل عن زوجته. قدّم لها كلّ التنازلات الممكنة، وأفرغ لها كامل حسابه البنكيّ، ولم يمانع. كان يقول لإيزل إنّ كلّ ما يهمّه هو أنْ يتخلّص من المرأة التي لم تضفْ إلى حياته جديدًا ليتفرّغ للحبّ الحقيقيّ، حبّه لإيزل. آنذاك كانت تطفو على عينيْ إيزل غمامةٌ من الحزن، لم يكنْ هشام ينتبه لها، ولم يكنْ بإمكانه أنْ يدرك الألم الذي كانت تشعر به آنذاك. وهي ترى هشام يخوض تجربة الطلاق. كانت إيزل تفكّر بأنّها ترتكب جرمًا ستعاقب عليه

مستقبلًا، وقد كانت خائفةً أشدّ الخوف، من أنْ يحدث لها يومًا ما يحرمها من أطفالها المستقبليّين عقابًا لها على إبعاد طفلتَيْ هشام عن والديهما.

تطلّب الأمر منهما بضعة أشهرٍ قبل أنْ يتقبّلا الطفل الذي ينمو في رحم إيزل، ويبدآ استعدادات استقباله، وعرفا من اختبار تخطيط الصدى أنّه ذكرٌ، واتّفقا على تسميته عدنان. إلّا أنّ الحياة تعاند سعادتهما بإصرارٍ، فما كادا يتقبّلان مجيء الطفل حتّى قرّر الرحم طرد الجنين من جنّته، فخرج قبل أوانه. جاء وبالكاد مرّتْ عليه سبعة أشهرٍ في الرحم، ثمّ بعد شهرٍ آخر في الحاضنة الصناعيّة لم يتحمّلْ جسده الهشّ وفارق الحياة.

توقّفت إيزل عن استذكار قصّتها، وتلألأت الدموع في عينيها. خرست بدوري، وأحسست بدمعي ينزلق على خدّي.

عادت إيزل إلى الكلام: «كلّ ما حدث عقابٌ إلهيّ على تفريقي بين هشام وزوجته وإبعاد ابنتيه عن أبيهما».

صار الشرخ في علاقة إيزل وهشام يتّسع يومًا بعد آخر. بدأ هشام يتأخّر خارج البيت ورجع إلى عاداته في المعاقرة. عاد مرّةً، والطفل لا يزال يصارع في الحاضنة، ووجدها، على غير ما يألف منها، تصلّي، مغطاةً شعر الرأس ساجدةً يلهج لسانها بدعاءٍ خافت. انتظرها حتّى أكملتْ ركعتها وسألها، بنبرةٍ تتذكّر إيزل أنّها تجمع بين الغضب والتأنيب والإحباط: «أتحسبين صلاتك ستنقذ طفلك؟».

التفتتْ إليه إيزل ورأتْ عينيه المنتفختين ووجهه المحمرّ. نظرتْ إليه صامتةً وطالتْ نظراتها. لا شكّ تخيّلها هشام تستجمع أفكارها لتفحمه بردٍّ من ردودها العقلانيّة المعتادة. لكنّها لم تقلْ إلّا: «أستغفر الله العظيم»، ثمّ عادتْ تكمل صلاتها، ولم تهتمّ لهشام.

«من هذا الإله الذي تصلّين إليه؟» خرجتْ الصرخة متحشرجة. لم تهتمّ إيزل بالردّ على هرطقته، ولم يبدو أنّه يوجّه حديثه إليها على أيّ حال. تقدّم نحو ركن الغرفة، وأطبق بقبضتيه على المهد الفارغ الذي اشتراه استعدادًا لمجيء عدنان. تجمّد زائغ النظرات حتّى سمع حفيف ملابس إيزل وهي تركع. استدار إليها وعاد إلى حديثه الغاضب.

«ألا يُفترض أنّ الله رحيمٌ خيّرٌ كلّي المعرفة، خالق كلّ شيء، هو القويّ الذي لا يوجد من يضاهيه؟ أليس هو العادل الذي لا يظلم أحدًا؟ أين العدل في إسقاط جنينٍ خارج الرحم قبل الأوان؟ أيّ إلهٍ هذا الذي يتلذّذ بتعذيب طفلٍ بريء، في حاضنةٍ صناعيّة، يفتّت وجهه الملائكيّ الصخر؟ ما كلّ هذا الشرّ الذي يحمله هذا الإله في قلبه؟ آه، لا. هو لا قلب له، فليس كمثله شيء. كيف ستنفع صلاتك مع إلهٍ كهذا؟».

احتبس الصوت في حلق هشام، وسقط جاثيًا. وضع رأسه بين ركبتيه، وأحاطهما بذراعيه وأسلم نفسه إلى البكاء.

قطعتْ إيزل صلاتها وحبتْ إليه. جلستْ ملتصقةً به وطوّقته بذراعيها.

«هوّنْ عليك حبيبي، هوّنْ عليك». قالت له وانخرطت معه في البكاء.

أحسّتْ إيزل بسحر الراحة يغلّفها كما هشام.

إنّ الصلاة كما البكاء فعلان يطهّران. ربّما تعرف إيزل هذا، أو لا تعرفه: لكنّ الصلاة، الفعل ذاته؛ فعل الصلاة، حتى وإنْ كانت إلى إلهٍ غير موجود، تبعث الراحة في النفس، وتزرع الاطمئنان في القلب. ربّما يدرك هشام هذا، أو لا يدركه: لكنّ البكاء، الفعل ذاته؛ فعل البكاء، يطهّر النفس ويريح البدن ويهدّئ الأعصاب.

غير أنّ تصالحهما تلك الليلة سرعان ما انهار بعد أنْ انهارتْ أعضاء الطفل، ولم يتحمّل البقاء في هذه الحياة. ما عادا قادرين على المواصلة معًا، فافترقا والندم يسكن إيزل أنّ الله يعاقبها على التفريق بين هشام وزوجته وطفلتيه.

لم يفترقا بالضبط. بشكلٍ ما أخرجتْ تلك الحادثة المدمّرة، على غير توقّع، أسوأ ما في هشام، ودفعتْه لتركها معلّقةً، في أروقة المحكمة تسعى إلى الطلاق، كأنّه يعاقبها، هي تحديدًا، على شيءٍ ما، أو على كلّ شيء.

شاركتُ إيزل بكاءها، ولم يكنْ لديّ ما أقوله لها إلّا كلماتٌ مستهلكةٌ تعوّدنا على استخدامها للمواساة دون أيّ إيمانٍ حقيقيٍّ بها.

شُغلنا بأحاديث قصيرةٍ متفرّقةٍ لا معنى لها تتخلّل فترات الصمت الطويلة، ونحن نتأمّل في ما يظهر لنا من البحر، ومن السماء الزرقاء، ومن الطيور التي بدأتْ رحلة عودتها إلى أعشاشها. ثمّ سألتها، دون أن أتوقّع منها ردًّا، «وماذا عن انتحار ذلك العميد؟».

«لم ينتحرْ». قالت إيزل ببساطة من يقول صباح الخير.

انتظرتُ طويلًا قبل أنْ تنتبه أنّني أنتظر منها التفاصيل. «مرّتْ بضعة أشهرٍ، ولم أستطعْ تحمّل المزيد من تلك الحياة التي طوّقني بها العميد»، قالت إيزل.

«فهمت في وقتٍ ما أنّه يستغلّني، كما الأخريات، يقدّمنا أحيانًا هديّةً إلى أصدقائه في السهرات التي ينظّم في فيلته، وأحيانًا أخرى يدفعنا إلى التجسّس أو توريط رجالٍ يصوّر جلساتهم معنا، ثمّ يبتزّهمْ بالتسجيلات». تنهّدتْ إيزل.

«لكنْ ذات يومٍ فكّرت في احتمالٍ آخر. نعرف جميعنا حكاياتٍ عمّن يُفترض أنْ يكون الحامي، فيصير هو الحرامي. فكّرت أنّه ربّما

يستغلّ سلطته ليتجسّس لا على من يشكّل خطرًا على الوطن، بل من يستفيد هو منه لاستخلاص معلوماتٍ يبيعها لجهةٍ خارجيّة. ذهبت إلى مواجهته مباشرةً. تلقّى الأمر ببساطةٍ حين أخبرته بشكوكي. لم ينكرْ، بل كلّ ما قاله أنّني أيضًا مشاركةٌ معه ولديه ما يكفي من تسجيلاتٍ لإعدامي أو سجني مدى الحياة. هكذا قال، بكلّ بساطةٍ، وهو متّكئٌ بجنبه إلى شرفة غرفة النوم في الطابق الثاني في فيلته. تلك البساطة التي يتحدّث بها غلّفتْ وعيي تمامًا، وصار عقلي صفحةً بيضاء. وفقدت السيطرة على جسدي الذي صار يتحرّك من تلقاء نفسه، أو بفعل قوّةٍ خارجيّةٍ لا سيطرة لي عليها. تقدّمت نحوه. أمسكت شفتيه في قبلةٍ طويلة، وفي الوقت الذي مرّر فيه أصابعه إلى أسفل بطني ضغطت على صدره بكلتا يديّ. بكلّ القوة الممكنة لديّ. وقفزت إلى الخلف قبل أنْ يتشبّث بي».

توقّفت إيزل تلهث، وابتلعتُ أنا ريقي بصعوبة. عادتْ تنشغل بهاتفها كأنّها لم تُلقِ على مسامعي بقنبلة اعترافها بقتل ضابطٍ في المخابرات. أطبقتْ عليّ المفاجأة، ولم أستطع التلفّظ بأيّ كلمة. أطبق علينا الصمت وانشغلتُ باستذكار تفاصيل حكايتها ومحاولة هضم اعترافها.

«يا إلهي»، قالت إيزل بغتةً وانتفضتْ واقفةً. «غير ممكن». قالت وهي تتحرّك جيئةً وذهابًا. تبعتها إلى الصالة. نظرتُ إليها عاجزةً عن فهمها. «يا إلهي. أتذكّر الآن». قالت وهي تلهث وتعبّ الهواء. «لا أعرف كيف نسيت ذلك». زمّت شفتيها وجلست. «مستحيل».

المسكينة جُنّتْ.

«ماذا هناك؟» سألتها ولم تجبْ. «إيزل؟».

رفعتْ رأسها وبدتْ نظرتها تائهة، «هل أخبرتك من قبل أنّ هشام بدأ يكتب روايةً قبل أنْ نُشغل بصدمة الحمل؟».

حرّكت رأسي نافية.

اعتدلتْ في جلستها. «لا أعرف كيف اختفى كلّ ذلك من ذاكرتي، وكيف عاد الآن فجأةً». المسكينة إيزل لا تعرف شيئًا عن ألاعيب الذاكرة.

«اسمعي»، قالت بلهفة. «كان هشام يكتب روايةً عن...». توقّفتْ. عاد التيه يسكن عينيها. «اسمعي»، أغمضتْ عينيها بعدما جلستْ وأسندتْ ظهرها إلى الأريكة. عادت إلى هاتفها. بحثت في ملفّاته قليلًا، ثمّ قالت «لديّ إحدى المسوّدات التي أرسلها إليّ هشام قبل أن نغرق في فوضى الحمل».

ابتسمت وأنا أسترجع طيف عدنان. متى صار الجميع يكتبون الرواية؟ أستغرب، وأنا أكتب الآن، سيّدي المفتّش، ما طلبت منّي استرجاعه، أنّ ما قرأته على هاتف إيزل ممّا يُفترض أنّه روايةٌ كان يكتبها زوجها هشام يشبه من حيث بصمته اللغويّة، أسلوب الكتابة أقصد، يشبه تمامًا لغة عدنان. كأنّ إيزل كانت تقرأ عليّ من روايةٍ كتبها عدنان. طبعًا التفسير سهل. إنّها مرّةً أخرى ألاعيب الذاكرة. ليس صعبًا على الذاكرة بقوّتها غير المحدودة أنْ تحفظ ما سردتْه عليّ إيزل كما لو أنّ عدنان هو من فعل. أو كما لو أنّني كاتبته. كنت دومًا أتأفّف من الروايات التي أجد فيها الشخصيّات تتذكّر بالتفصيل، وتعيد حكاية تفاصيل قديمةٍ مع حواراتٍ مفصّلة. كيف تراهمْ يتذكّرون كلّ ذلك؟ لكنّني الآن أعرف، أنّني إذ أتذكّر كلّ هذا، فإنّني حقًّا لا أتذكّر شيئًا، بل أخلق كلّ شيءٍ من جديد.



قرأتْ إيزل بعضًا ممّا كتب هشام:

# غرفة المرايا

سمّاها أبوها احتفاءً بالمعنى المزدوج للاسم الجامع بين السعادة العربيّة والسيادة العبريّة. سارة السرور التي ضحكتْ من بشارة الرسل لها بإسحاق أو ربّما ضحكت استغرابًا من إحجام الرسل عن الأكل، وهي في قصّتها العبريّة أميرةٌ سيّدة النساء اختار لها إلوهيم الاسم ذاك تكريمًا لها وتعويضًا عن صبرها وتحمّلها مشاركة هاجر لها في زوجها أبراهام، حسبما قال للأب صديقه المردوخيّ، اليهوديّ الأخير من أهل طنجة، الأصيل غير الوافد عليها من مدينةٍ أخرى سعيًا إلى وضع اليد على دُورٍ وحوانيت تركها أهلها، غير مدّعٍ حقّ الوصاية عليها حمايةً لها، الأصيل غير المتخلّي عنها نحو أرضٍ لا يعتبر نفسه معنيًّا بالوعد بها. هكذا كان يحكي لها أبوها، وهي في حجره، سرّ اسمها بين ثنايا حكاياتٍ أخر لم تكن تنام قبل أن يثري بها مخيّلتها التي ستكون مُعينها الوحيد خلال علقم سنواتٍ لاحقة، وهي خلال سنواتها الخمس والعشرين على هذه الأرض لم تنلْ من حظوظ اسمها شيئًا، لا السرور الذي منحه ربّ العرب ولا الرفعة التي وعد بها ربّ اليهود. بل سيصير اسمها عبئًا ملعونًا لا يحمل إلّا المعنى الغريب الذي ذهب إليه بعض مفسّري القرآن: ضحكتْ بمعنى حاضت. جسدها، كان لعنتها.

لعلّ المشهد الأقسى الذي تتذكّر، بدايتها أو لعلّه بالأحرى نهايتها، أو هو ببساطةٍ بداية سقوطها دون إثمٍ منها من فردوس

الكفاف إلى جحيم الجوع وعري الوحشيّة البشريّة التي ما عادت تحتاج إلى التخفّي تحت أيّ نوعٍ من أثواب زيف الإنسانيّة، هو يوم هجم الجراد الجائع النهم للسطو على رزق امرأتين ما عاد لديهما كفيلٌ، والجثمان المهيب لأبيها لم يفقد حرارته بعد. كان الصباح الباكر والشمس، في التفاتةٍ من مراعاةٍ لن تكرّرها مطلقًا، احتجبتْ قليلًا لتعطي النهار شيئًا من ظلالٍ احترامًا للحزن المتفجّر من مقلتَي الفتاة سارة وأمّها. كان الجيران في تلك السنوات لا يزالون أهل جيرة. النسوة مع المرأتين يواسين، والرجال تحرّكوا كلٌّ إلى حيث يجب تنفيذًا لمهامّ إداريّةٍ قميئةٍ لترتيب الدفن وسعيًا إلى السوق شراءً للكفن وما يلزم من متطلّبات الجنازة والمأتم والاستعدادات قائمةٌ للغسل تطهيرًا للميت قبل إعادته إلى التراب. خلال تلكُم الساعات، والبنت كما أمّها، تكفكفان دمع الصدمة، هجم الجراد النهم كأنّه لم يأكلْ من قبل: الأخت والأخوان، العمّة والعمّان، هجموا على حانوت البقالة، مصدر رزق الأب الذي غادر الحياة غير عالمٍ أيّ جحيمٍ ترك فيه امرأتيه، وأخذوا كلّ ما يؤخذ، ولولا التعذّر صعوبةً لنزعوا الأرفف الخشبيّة كذلك. ثمّ عادوا، ثلاثتهمْ والأزواج الثلاثة وجيش الأطفال، ودخلوا البيت كأنّهم فاتحون الأندلس أو كما أبناء عمومتهم غازون فلسطين. ليس ثمّة اصطناعٌ للحزن في وجوههم، وليس ثمّة، ولو محض محاولةٍ، إخفاء اللهفة، لهفة الطمع، الناضحة بها أعينهم.

كانت سارة يومذاك غافلةً عنهم، عن نيّاتهم، ولن تعرف إلّا بعد أيّامٍ أنّ التماع الحزن في أعين الجيران لم يكنْ مرثيّةً وحسب للأب الراحل الذي، كما يقولون، لم يكنْ ثمّة أطيب منه، بل كان الحزن أشدّ على المرأة وابنتها وهم قد رأوا في أعين الجراد الطمع الذي لن يترك وراءه إلّا الهشيم.

بابا وأبّـا، بتشديد الباء كما نطقتْ أوّل مـرّةٍ، وهي تكمل خطوتها الأولى وحدها دون مساعدةٍ نحو صدره المتّسع حبورًا، وبفتحها خفيفةً كما علّمها المردوخيّ ضيف أبيها الأوحد أنْ تناديه، هو العازب المستغني عن الـزواج، كما ينادي أطفال اليهود آباءهم. ذاك النداء، بصيغتيه المتقاربتين الجامعتين بين رافدين لغويّين استقلّا كلٌّ في طريقٍ من الأصل السامي نفسه، هو الوحيد الواجب منها تجاه أبيها، حتّى إنّها، لدهشتها هي أوّلًا، احتاجتْ إلى تركيزٍ غير هيّنٍ، لتستخرج من ذاكرتها اسم الرجل الذي لم يكنْ إلّا بابا وأبّا.

عبد السلام. ذاك هو اسمه. عبد السلام العمراني.

جاء إلى الدنيا يتيمًا، وقد جاهد عمّه طيلة عامٍ كاملٍ ليقنع أمّ الوليد اليتيم بأنْ تترك عبد السلام له، هي التي سمّتْه كما اسم أبيه، فهي لديها طفلان آخران وهو العمّ البكر من بين إخوانه قد وصل إلى الأربعين من عمره، وثبت عنده أنّه وزوجه، لن يستطيعا وهما معًا إلى الإنجاب سبيلًا، وهو إذ فشل في أن يقنع زوجه بالرحيل عنه لتجرّب حظّها مع رجلٍ آخر، اقترحتْ عليه، هي التي لا تريد عنه بديلًا، أن يتبنّيا طفلًا، فيكون الأجر لهما أجرين. فكان قرارهما تبنّي طفل أخيه الذي لا يزال في بطن أمّه. كان الأخ عبد السلام موافقًا، ولم تكن تلك بالعادة الغريبة تلك الأيّام. غير أنّ أمّ الصبيّ، وقد ترمّلتْ، لم تستطعْ أن تتخلّى عن وليدها الذي منحتْه اسم الطيّب الذي ساكنها خيرًا ومحبّةً، إلّا بعدما عانت ثقل الإشـراف على ثلاثة أطفال. لم يخف العمّ عن الطفل أنّه عمّه، وليس أباه إنجابًا، ورغم الرعاية كلّها، الدلال كلّه، الذي مُنحه الصبيّ، كان يحسّ بنفسه يتيمًا يفتقد الأب الحقيقيّ. كانت المحبّة المتبادلة بين العمّ وابن أخيه في حدّها الأقصى، إنْ كان للمحبّة حدٌّ أقصى، مع ذلك، أو ربّما بسبب ذلك، كان الطفل

عبد السلام يشعر بنقصٍ ما. لعلّها القسوة العفويّة التي لا بدّ من أن تنفلت من الأب في لحظةٍ ما، ويندم عليها من فوره، هي ما كانت تنقص. فالعمّ الذي جاء محمولًا على بساط اللهفة، من القرية ضواحي طنجة، لم يكنْ ليبخل على الصبيّ بأيّ شيء، وهو تجاهل كلّ تعب الرحلة، وذهب رأسًا نحو حدائق المندوبيّة، ليزاحم بكتفيه ويندفع وسط الجمهور مخترقًا الصفوف، حتى يصل إلى أقرب ما يستطيع، ويرفع الصبيّ وقد أكمل بالكاد عامه الأوّل. رفعه عاليًا على امتداد ذراعيه في مواجهة البطل الملك محمد الخامس وهو يخطب، ضدًّا على إرادة سلطات الاستعمار الفرنسيّ، خطبة الأمل في الغد. الاستقلال قادمٌ، قالها الملك بوضوح، والمستعمر سيرحل قريبًا. ما ضاع حقٌّ وراءَه مُطالب، وإنّ حقّ الأمّة المغربيّة لا يضيع ولن يضيع. إنّه الأمل، ولا شيء غير الأمل، والعمّ متورّد الوجه مغلّفٌ بغلالةٍ سماويّةٍ من الفرح، مسرورٌ متفائلٌ بالصبيّ الذي جاء من صلب أخيه. رغم أنّ ردّ المستعمر على زيارة الملك لطنجة جاء عنيفًا بنفي الملك وتعيين مكانه من يسهل عليهم التحكّم فيه، فتح النفي ذاك، وقد تجاوز الحدود كلّها، الباب على مصراعيه أمام المقاومة المغربيّة بالسلاح كما بالسياسة مع انتفاضةٍ شعبيّةٍ عارمةٍ سرعان ما نجحتْ في إعادة الملك إلى عرشه وإخراج المستعمر.

كان الأب يحكي لابنته سارة نتفًا من حياته وكان المردوخي، هكذا يناديه الأب وسارة غير متأكّدةٍ من دقّة الاسم، يعقّب بما تتفتّح عليه معرفته الموسوعيّة من خير. كان وهو يتحدّث عن محمّد الخامس تلمع عيناه، تتذكّر سارة جيّدًا، ويرفع بصره نحو السماء وهم جلوسٌ في مكانهم الظليل على السطح. لم يضيّعْ فرصةً لإبداء محبّته، التي ورثها عن عشيرته، للملك محمّد الخامس رغم أنّه لم يعاصرْ حكمه إلّا قليلًا.

تلتمع عينا المردوخي وهو يحكي ما يخلب الألباب، ويحرّك القلوب من أيّام انتفاضة الشعب ردًّا على نفي الملك. يتمنّى لو كان أكبر من صبيٍّ حينذاك ليخرج مع من خرج. ليركل الفرنسيّين إلى البحر. يتألّم الآن. خرج الفرنسيّون من الباب، وعادوا من النافذة. الوطنيّون باعوا الوطن وهم يتهافتون كلٌّ إلى نيل نصيبه من خيراته. لم نستقلَّ بعد. ما زلنا مستعمَرين. الصغيرة سارة تنفرج شفتاها دهشةً من الحكايات. تسأله كيف يعرف كلّ ذلك وهو لم يعشه. من يقرأ يعشْ أكثر من حياة. يقول لها. تقفز ذات يومٍ إلى موضوعٍ كانت تسمع عنه همساتٍ في المدرسة، موضوعٍ تحسّ أنّه محرّمٌ عند أبيها أنْ يخوض فيه. لماذا لم تهاجر مع من هاجر؟ يغضب أبوها ويزجرها. يبتسم لها المردوخي ويمسّد شعرها. لا بأس عبد السلام، دعْها. لا تقتل السؤال عند الأطفال. دعْها تحتفِ بالفضول. دعْها لا تكبر قرينة الخنوع. يبتسم لها. أنا مغربيٌّ يا سارتي. أين تراني أهاجر؟ ليرحم الله أولئك الذين تركوا بلدهم، وهاجروا إلى حيث لا يجب أن يذهبوا. فلسطين للفلسطينيّين هناك، مسلمين أم مسيحيّين أم يهودًا. والمغرب للمغاربة يا بنيّتي، مسلمين ويهودًا أو غير ذلك. هنا وُلدت، وتحت هذا التراب أريد أن أُدفن. تغيم عيناه. يحرّك رأسه. يبتسم لها مجدّدًا. يغيّر الموضوع. يسألها: هل حكيتُ لك من قبل حكاية الفارس الذي ركب النمر؟ تتّسع عيناها وتنتصب أذناها مترقّبةً تفاصيل الحكاية.

ستفتقد سارة صديق أبيها الذي لو كان عاش بعده، ولو سنواتٍ قليلةً، لكان مستقبلها غير المستقبل الذي صارتْ إليه. سيُتوفى المردوخي قبل عامين من وفاة أبيها المنفطر قلبه حزنًا على صديق عمره، وسيبكي الأب، للمرّة الوحيدة حسبما رأتْ سارة، يوم سيتعذّر عليه دخول المقبرة اليهوديّة للترحّم على الفقيد الذي كثيرًا ما رافقه ومعهما سارة في جولاتٍ داخل

المقبرة حيث ستكتشف الطفلة لأوّل مرّةٍ موسوعيّة المردوخي وذاكرته الأرشيفيّة العظيمة، وهو يستذكر تواريخ وأنساب سكّان القبور أمامهم، حتّى ذوات الشواهد الممسوحة قدمًا. ذانك العامان الفاصلان بين وفاة الصديقين لن يكونا، في حياة سارة، كما كانت السنوات التي سبقت. صار الحزن مقيمًا في قسمات وجه أبيها، تراه نهاية كلّ أسبوعٍ خلال زيارتها طنجة، وتلوم نفسها أنّها لم تكنْ قريبةً منه تخفّف عنه، هي المقيمة آنذاك في مارتيل بعيدةً عنه تدرس عاميها الأولين، والأخيرين، في كليّة الآداب متخصّصةً في اللغة العربيّة وآدابها دونما تركيزٍ كبير.

ذانك العامان حملا من التغييرات الكثير، المأساويّ خاصّةً، سواءٌ ما تعلّق بالعائلة الصغيرة أو بالوطن نفسه، إنْ صحّ أن نتحدّث عن وطنٍ وسارة أبعد من أنْ تمنح هذه الأرض غير المباركة صفة الوطن. جاءتْ تفجيرات 16 ماي الإرهابيّة لتهزّ الدار البيضاء؛ الفندق والمعبد اليهوديّ، ولترمي إلى الأبد مقولة الاستثناء المغربيّ؛ الأمان الزائف من الإرهاب الدينيّ، ولو أنّ الحقيقة، رغم تعدّد وجوهها، كانت أمام من يبحث عنها غير مستعصيةٍ عن الإمساك، تقول سارة بنبرة من اكتوى بحقيقة القرب من السلطة. تلك الأحداث المؤسفة كانت نتيجةً طبيعيّةً لسنواتٍ من الفقر والقمع السلطويّ، وسنواتٍ من ممارسة السلطة هوايتها المفضّلة: أنْ ترفع كفّها إلى السماء، وتدعو ربّها أن يضرب الظالمين بالظالمين. فكانت حينًا تزكّي الانفتاح اليساريّ الهوى، وتارةً تسقي الحميّة الدينيّة. فجعلتْ باحات الجامعات ساحات صراعاتٍ لا تنتهي، دمويّةٍ أحيانًا، وخلال ذلك، وبعده، كانت الحسابات السياسيّة الخارجيّة والتحالفات الأمنيّة لصدّ المدّ الشيوعيّ فتحت الباب أمام الفكر الوهّابيّ أن يستوطن هذه الأرض. فكانت النتيجة الفشل الأمنيّ الذريع، والاجتماعيّ من

قبلُ ومن بعد، واستيقظ من كانوا يحسبون أنفسهم ماسكين كلّ خيوط اللعبة، صبيحة يوم تلكُم التفجيرات، على فجيعة أنّهم لا يعلمون شيئًا.

كانت سارة تتحدّث عن تلك الفجيعة بأحاسيس غير التي تتحدّث بها عن مواضيع أخرى من حياتها، وسأعرف بعد تقدّم بوحها إلى سنواتٍ تاليةٍ المنعطف الذي قادها نحو تلك الأفكار، أو ذلك الوعي، إن شئنا الدقّة. وجودها الإجباريّ طيلة عامٍ كاملٍ وسط شبكة العميد شكري، جعلها تسمع الكثير ممّا لم تهتمّ يومًا بسماعه، وهي أفكارٌ رغم تضاربها وتنافرها الصارخ، كانت في عمقها تمظهرًا لجوهرٍ وحيد: ثمّة فسادٌ عفنٌ يستوطن هذه الأرض. والعميد شكري أحد أوجه ذلك الفساد.

أدهشتْني حكايتها عن تجمّعٍ أمنيٍّ حمل اسم نادي السفاري، واحتجتُ إلى بحثٍ متعمّقٍ في وثائق استخباراتيّةٍ أميركيّةٍ للتحقّق من هول ما قالت. (لاحظ سيّدي المفتّش؛ لست أنا من يقول هذا. أنا لا شأن لي بأسرار المخابرات هذه. بل هو سارد رواية هشام من يتحدّث هنا).

خرج العالم من الحرب العالميّة الثانية بقطبيّةٍ متنافرةٍ بين مدٍّ شيوعيٍّ يغزو العالم يهدّد أفكارًا بشريّةً طبيعيّةً مثل الملكيّة وبين مدٍّ رأسماليٍّ متوحّشٍ بقدر ما يفتح الباب للفرد ليمارس حرّيةً مطلقةً فإنّه يقولبه بما يلزم ليكون المستهلك المثاليّ للأفكار والمنتجات الرأسماليّة. عشيّة الأوّل من سبتمبر سنة 1976 التقت عناصر أمنيّةٌ استخباراتيّة، من المغرب ومصر والسعودية وإيران ما قبل الثورة الإسلاميّة، لتكوين نادٍ أمنيٍّ ترعاه فرنسا بالتكنولوجيا وأميركا مع إسرائيل بخبراتهما الأمنيّة، لصدّ المدّ الشيوعيّ في أفريقيا، والمشرف على هذا التجمّع الاستخباراتيّ كان تاجر سلاحٍ مقرّبًا من الاستخبارات السعوديّة. قام التحالف

بعمليّة تدخلٍ عسكريٍّ في زائير دعمًا للحكومة المحليّة لمواجهة غزوٍ من أنغولا، كما وفّر التحالف السلاح للصومال خلال صراعها مع إثيوبيا خلال عامي 77-1978، مع العديد من المبادرات المضادّة للشيوعيّة في أفريقيا بغرض وقف المدّ السوفياتيّ. كما أنّ هذا التحالف الاستخباراتيّ هو الذي بدأ بالمفاوضات التي أثمرت اتّفاقيّة السلام بين إسرائيل ومصر. كما كان من نتيجة هذا التحالف تكوين أكبر شبكةٍ بنكيّةٍ على مستوى العالم لغسل الأموال، يستخدمها التحالف في تمويل العمليّات السرّية. توقّف عمل النادي بعد انكشاف أمره؛ بسبب قيام الثورة الإسلاميّة في إيران، غير أنّ التعاون بين استخبارات دول التحالف، إلّا إيران، بقي كما هو بشكلٍ ثنائيٍّ مع كلٍّ من إسرائيل وأميركا، وبعضها مع فرنسا أيضًا.

توقّفتْ إيزل تلهث. «أعتقد»، قالت، «أعتقد أنّ هشام تعرّف فعلًا إلى سارة تلك. هي شخصٌ حقيقيّ. طريقة كتابته تكشف ذلك، ونوعيّة الأبحاث التي كان قد أجراها حول نادي السفاري. هو أنكر أن تكون سارة تلك شخصًا حقيقيًا، لكنّ ما واجهته أنا شخصيًّا لاحقًا، مع العميد ش، أكّد لي أنّ هشام انطلق من قصّةٍ واقعيّة».

شبكتْ إيزل يديها بين فخذيها، وتابعتْ بصوتٍ منخفض: «جاء الحمل سريعًا، وأوقف هوس هشام المحموم بروايته. لم يكتب الكثير. أتذكّر أنّه حكى لي عن مخطّطه العامّ للرواية: ستجد سارة نفسها بعد وفاة أبيها واستيلاء أعمامها على المنزل، وفق أحكام الإرث في الشريعة الإسلاميّة كما قال الأعمام بكلّ خشوعٍ ونور الإيمان يضيء وجوههم المكفهرّة، مضطرّةً إلى العمل في مهنٍ مختلفة، قبل أن تتعرّف إلى شابٍّ، عميلٍ، في صالون الحلاقة الذي تعمل فيه، ستعرف لاحقًا أنّه ضابطٌ في المخابرات

برتبة عميد». تنهّدتْ قبل أن تتابع: «ستنمو بينهما مشاعر ما، لنسمّها مجازًا حبًّا، وسيربط بينهما عقد الزواج. غير أنّ حياتها ستغدو كابوسًا أشنع ممّا كانت، أمام غيرته المفرطة وضعفه الجنسيّ وكيف سيسقط عليها كلّ ذلك الضعف ليحمّلها وحدها مسؤوليّة عدم التوافق بين جسديهما، فهو يقول دونما مواربةٍ إنّه لم يعانِ المشكلة هذه مع أيّ امرأةٍ أخرى. مع ذلك سيتمّ الحمل ذات مرّةٍ، ولو أنّ ذلك لن يغيّر شيئًا من سوء معاملته لها. إلى أن جاء يومٌ سيقترب منها متودّدًا، مقدّمًا هديّةً ثمينة؛ سوارًا من الذهب. سيخبرها أنّ الوطن بحاجةٍ إليها. ثمّة جاسوسٌ إسبانيٌّ تحتاج المخابرات إلى دخول بيته سرًّا، وقد تعذّر عليهم الأمر إلى أنْ اكتشفوا هوسه بالنساء الحوامل. كادتْ سارة تصفع زوجها وهو يلمّح لها بطلبه، غير أنّه أمسك يدها، وكاد يكسرها. سيقول لها إنّه يعرف أنّها لا تطيقه، وأنّها تريد الطلاق. يقترح تطليقها ومنحها حرّيتها التي تريد إذا وافقت على أن تنجز للمخابرات المهمّة المطلوبة. توافق سارة، سعيًا للخلاص منه، وتذهب إلى شقّة الإسبانيّ، منتحلةً صفة مدلّكةٍ تحمل اسم خالدة».

صمتتْ إيزل قليلا وزاغت نظراتها في أرجاء الصالة.

«كانت المهمّة سهلةً كما أكّد زوجها. المطلوب منها أن تغافل الإسبانيّ. وتزرع جهاز تنصّتٍ في غرفة نومه وكاميرا دقيقةً تلصقها قبالة باب الشقّة من الداخل. أصرّ الزوج على أنّ المهمّة سهلةٌ جدًّا، لكنّ سارة فكّرتْ أنّ الأمر مستحيل التنفيذ أمام انعدام أيّ خبرةٍ أو تدريباتٍ تسمح لها بتنفيذ المطلوب. وافقتْ على المهمّة، وهي تعرف ماذا سيكون عليها أن تقدّم للإسبانيّ. لكنّها لم تتحمّلْ لعاب الإسبانيّ، وهو يلعق بطنها المنتفخ. لم تتحمّل التقزّز، وهو يولج قطعة لحمه بين فخذيها. دفعته عنها وكان ذلك الخطأ الذي لا يُغتفر. قام الإسبانيّ ثورًا هائجًا يصفعها

ويركلها أينما اتّفق. هربتْ منه فتعثّرتْ. جرّها إليه فركلتْه. قامت وخرجتْ إلى الشرفة، وقد منحها الخوف وغريزة البقاء قوّةً لم تعهدها في بدنها. تبعها الإسبانيّ وأراد جرّها، لكنّها بشكلٍ ما تمكّنتْ من دفعه، فاصطدم بحاجز الشرفة، ورأت الدهشة وعدم التصديق في عينيه قبل أنْ يهوي نحو الشارع. تجمّدتْ سارة في مكانها واقفةً، وغمرها الشحوب وأحسّتْ به كتلةً مجسّمةً كأنّها قطعةٌ جليديّةٌ غطّتْ كامل جسدها. ستحسّ بدقّات قلبها تتسارع كأنّه يريد مغادرة قفصها الصدريّ. ستخزّها دفقةٌ من الألم في بطنها، وقبل أنْ تهوي فاقدة الوعي في الشرفة سترى الدماء تغطّي فخذيها وساقيها».

تكوّرت إيزل على الأريكة، وابتعلت أنا ريقي بصعوبة. بقيتُ صامتةً لوقتٍ طويلٍ لأهضم حكايتها واعترافها ورواية زوجها هشام.

مرّ وقتٌ لا أعرف كم. بدأتْ ستارة الظلام تمتصّ ضوء النهار.

سألتني إيزل إن كان يمكنها قضاء الليلة معي، ثمّ تغادر في الصباح. أومأت لها.

لا أشعر بأيّ رغبةٍ في العمل هذا المساء، فقرّرت البقاء مع إيزل. طبخنا معًا عشاءً خفيفًا. شاهدْنا وصلاتٍ إعلانيّةً يتخلّلها بثّ فيلمٍ مصريٍّ حديث. حاولت قدر الإمكان التحكّم في فضولي وعدم سؤالها مجدّدًا عن حكايتها. اكتفيتُ بما حكتْه لي اليوم. تشاغلنا ببضعة أحاديث متنوّعة، ثمّ بدأتْ إيزل تكافح لمنع نفسها من التثاؤب. تظاهرتُ أنا أيضًا بالتثاؤب، وضحكنا معًا. «تصبحين على خير». قلتُ وقالت، ثمّ استلقتْ إيزل على الأريكة في الصالة، ودخلت غرفتي.

لستُ معتادةً النوم مبكرًا، لكنّني غفوت بسرعةٍ وبسهولة، إلى أن اخترق أنفي ذلك الأريج من جديد. أريج عطر إيزل. ظننتُ بدايةً

أنّه حلم الصباح عاد مرّةً أخرى، لكنّني فتحت عينيّ. ورأيت فوقي مباشرةً إيزل تنحني عليّ وتهمس: «هل يمكنني النوم بجانبك؟ الفراغ في الصالة مخيف». فكّرت أنّ ما تقوله محض هراء. إنّها ليستْ طفلةً صغيرةً لتخاف الظلام. لكنّ عينيها كانتا تلمعان بالصدق. «تفضّلي»، قلتُ بأنفاسٍ مبهورةٍ وأنا مخطوفةٌ ببياض جسدها الذي ينعكس عليه ضوء المصباح من هاتفها. كانت مكتفيةً بملابسها التحتية فقطْ؛ قطعتين لا تقلّان إغراءً عمّا ألبسه لعملائي. ثمّ انتبهت إلى أنّها فعلًا تلبس ملابسي. تذكّرت أنّها بعد الاستحمام سألتْني خجلةً عن تبّانٍ نظيفٍ وحمّالة صدر. أشرت إلى دولابي، وتركت لها حرّية الاختيار. لم أنتبهْ إلى أنّها تجاهلتْ كلّ قطع ملابسي اليوميّة، واختارتْ الأكثر إغراءً من بينها.

استدارت إيزل إلى الجهة الأخرى من السرير، واندسّت تحت الغطاء، واقتربتْ منّي حتى كادت تلتصق بي. ارتبكت وأحسست بقطراتٍ من العرق تتسلّل من منبت الشعر عند جبهتي.

استدرت أبتعد عنها قليلًا. سددت أنفي بأصابعي لأمنع أريج عطرها، وحاولت شغل عقلي بأيّ موضوعٍ آخر. لم أجدْ أفضل من استدعاء عدنان ليشغلني عن التفكير بجسد إيزل. لكنّ عدنان صار عصيًّا على الاستجابة. ما عدت قادرةً على استحضاره بسهولة، وبمرور الوقت تزداد الصعوبة، وتكاد ذكراه تصير ضبابًا. كأنّه لم يكنْ هنا يومًا.

# الحركة الثالثة

# رقصة الموت

# الموت في ليلهامر

رصاصةٌ واحدةٌ تكفي لتقتل إذا أسبغ القاتل النيّة وأحكم إطلاقها، غير أنّ الإعدام انتقامًا يتطلّب أكثر من رصاصةٍ واحدة. تحول المشاعر المتدفّقة مع رغبة الانتقام دون إحكام التصويب، ولا يمكن أنْ تفيَ رصاصةٌ واحدةٌ بالغرض. الرغبة في الإذلال المصاحبة للانتقام تتطلّب تشويه الجسد وتحويله مصفاةً مشوّهة الثقوب. رصاصةٌ واحدةٌ لن تكفي لتشفي الغليل. ولا خمسٌ، ولا عشر، بل إحدى عشرة رصاصة. إحدى عشرة رصاصةً اخترقتْ سكون الليل في ليلهامر النرويجيّة في تلك الليلة الماطرة ليوم السبت الحادي والعشرين من يوليو 1973، وحوّلت الجسد المستهدف إلى مصفاةٍ تدفّق منها الدم شلّالًا. بجانب الرجل الذي هوى أرضًا وسط بركة دمائه كانت زوجته الحامل في شهرها السابع، وقد عادا من حفلة سينما شاهدا فيها فيلمين متتابعين. أصرّ الزوج على مشاهدة الفيلم الإسرائيليّ «الصقور تهاجم فجرًا»، وأرادت الزوجة أنْ تشاهد فيلم «دخول التنّين» الذي ختم به بروس لي مسيرته الفنّية. وعرضتْه قاعة السينما تكريمًا للمثّل الذي أعلنتْ وفاته في اليوم السابق. شحبت الزوجة تمامًا. اصفرّ وجهها وانسحبتْ منه الدماء. انتفض قلبها وتجمّدت قدماها. كلّ ما كانت تفكر فيه أنّها يجب ألّا ترتعب. يجب أنْ تهدأ. مطلقا النار هربا، ولم تكنْ لهما نيّة التصويب عليها. يجب أن تهدأ. الوعاء يجب أن يبقى سليمًا. يجب ألّا يهتزّ. الجنين يجب أن يعيش. لن

تتحمّل فقده. أغمضتْ عينيها عن زوجها المضرّج بدمائه. شبكتْ أصابع يديها تحت بطنها المكوّر. تنفّستْ بعمق. تنفّستْ ببطء. تخيّلتْ نفسها تدخل مع كلّ شهقةٍ، وتخرج مع كلّ زفرةٍ كأنّها ريشةٌ تحملها ريحٌ خفيفة. تخيّلتْ نفسها تسري عبر دمائها، وتصل إلى رحمها. تمسّد رأس ابنتها وتدور معها، تسبح معها، في ماء المشيمة بسلامٍ وهدوء. ليلتئذٍ، لم تنقذْ توريل لارسن جنينها وحسب، بل الجنين نفسه، الابنة التي اختار لها أبوها من قبلُ اسم مليكة أنقذتْ هي الأخرى أمّها.

كانت ليلةً مطيرةً بلغتْ فيها سرعة الرياح ستّين كيلومترًا في الساعة، ودرجة الحرارة بالكاد وصلتْ إلى خمس عشرة درجةً مئويّة. كانا متستّرين بالظلام ينتظران. هو. جوناثان. جواز سفرٍ بريطانيّ. وهي. أماري. تحمل جواز سفرٍ كنديًّا والمهنة: مصوّرة. قبعا في الظلام. الساعة تشير إلى الحادية عشرة إلّا ربعًا. رأيا أضواء الحافلة قادمةً من أسفل الشارع. توقّفت الحافلة في محطّتها. نزل الزوجان أحمد بوشيخي، وتوريل لارسن بوشيخي. أمامهما بضعة أمتارٍ قبل الوصول إلى بيتهما. فتح أحمد المظلّة. حملها بيمينه وضمّ إليه زوجته بيسراه. نظرتْ أماري إلى جوناثان. أومأ لها، وتحرّكا معًا. خطواتٌ واسعة. متجاوران. اقتربا من الزوجين الغافلين عنهما. أخرجا مسدّسيهما على بعد مترين من الزوجين. صوّبا بامتداد ذراعيهما، وأطلقا حسب الاتّفاق المسبّق بينهما. أطلق جوناثان خمس رصاصاتٍ إلى الصدر، وأطلقتْ أماري خمس رصاصاتٍ إلى البطن والفخذين، ثمّ أضافتْ رصاصتها السادسة إلى الجبهة تمامًا. إحدى عشرة رصاصة. رصاصةٌ مقابل كلّ روحٍ أزهقها الرجل. تمّت المهمّة بنجاح. قبل أنْ يتهاوى جسد أحمد توقّفتْ سيّارتان بصريرٍ مرتفع. قفز جوناثان إلى إحداهما، وقفزتْ أماري إلى الأخرى، وانطلقت السيّارتان في اتّجاهين معاكسين.

خرق دويّ الرصاصات المتلاحقة سكون المدينة التي لم تعرفْ جريمة قتلٍ طيلة ثلاثين سنةً مضت، ليلهامر المنعزلة أغلب شهور السنة بسكّانها العشرين ألفًا. ظهرت الأنوار تباعًا في النوافذ المطلّة على الشارع. التقطتْ امرأةٌ من نافذةٍ نوع إحدى السيّارتين، ولونها، قبل أنْ تغيب في الأفق المظلم. بيجو 500، بيضاء اللون.

رغم شهور الإعداد والمتابعات والمراقبات والاغتيالات والسعي نحو الرأس المدبّر لعمليّة ميونيخ، علي حسن سلامة، الأمير الأحمر كما يصفونه، جاءتْ هذه العمليّة الأخيرة مشبعةً بالتسرّع والارتباك. كان أمل الموساد بالتخلّص أخيرًا من الفلسطينيّ الذي قضّ مضجعهم، الذراع اليمنى لياسر عرفات، غير أنّ هذه العمليّة تحديدًا كانت إحدى حالات الفشل، المعلنة، الأبرز في تاريخهم. الرجل الذي اغتاله ضبّاط الموساد اسمه أحمد بوشيخي، وهو من أصلٍ مغربيّ، ولا علاقة له من قريبٍ ولا من بعيدٍ بالأمير الأحمر المطلوب رأسه. كان الارتباك سيّد الموقف، ولذلك كان من السهل على الشرطة تتبّع البيجو البيضاء التي هربتْ فيها أماري، والوصول إليها في الصباح التالي في موقف سيّارات المطار. قُبض على أماري ذلك الصباح يرفقة زميلٍ لها من فريق العمليّة. اختيار هذا الضابط لهذه العملية كان فشلًا آخر من سوء تدبير العمليّة، الذي رغم نجاحه في مهمّاتٍ سابقة، لم يكنْ أهلًا للانضمام إلى الاستخبارات مع عقدة الكلوستروفوبيا التي يعانيها؛ فما إن أقفل عليه في غرفة الاستجواب في مركز الشرطة النرويجيّ، حتّى أفصح الرهاب عن نفسه وبدأ الاختناق. وصرخ الرجل يطلب إخراجه معلنًا استعداده للاعتراف بكلّ شيء. تمكّنت الشرطة من ملاحقة باقي أعضاء الفريق الموزّعين على شقّتين وضبط مجموعةٍ من الوثائق المزوّرة وقائمةٍ بأسماء

العملاء والشقق الخاصّة في النرويج وفرنسا. وجدتْ أماري نفسها في مأزق. كانت تحسّ منذ البداية بمدى الارتباك في سير العمليّة، وغياب التأكيد الفعليّ اليقينيّ للهدف، وانعدام الخبرة لدى نصف الفريق على الأقلّ. لم يكنْ أمامها، أمام أسئلة المحقّقين المتتالية، سوى الصمت المطبق في انتظار تدخّل وزارة الخارجيّة الإسرائيليّة، وشغل نفسها باسترجاع مسيرتها:

عمليّتها الأولى، الاغتيال الأوّل، كان قبل سنواتٍ من انضمامها الرسميّ إلى الموساد.

# Kill First

أحبّتْ سارة (وهذا اسمها الأوّل قبل تغييره إلى أماري معلنةً عن ولادتها الجديدة) مصطفى حدّ الوله. كانت تنتظره في نهاية الزقاق ليخرج من صلاة الجمعة، متلهّفةً للابتعاد عن الأعين حتى تمسك يده، وتقف على أصابع قدميها لتخطف قبلةً من شفتيه، كما ستتلهّف مستقبلًا في زقاقٍ شبهٍ مظلمٍ تنتظر أن يمرّ، هو نفسه، لتودع في جبهته رصاصةً ستكون خطوةً تحملها إلى مسيرةٍ مهنيّةٍ لم تخطرْ على بالها يومًا.

عرفتْ سارة من شظايا حكاياتٍ سمعتْها من مصادر مختلفةٍ أنّ والدتها أحبّت شابًّا مسلمًا، شابًا اسمه يوسف، سيترك خلفه بعد أنْ يموت مراهقًا اسمه إبراهيم سيأتي ليعيش معهمْ كأنّه فردٌ من العائلة. تعرف سارة أنّ والدتها ضغطتْ على والدها ليقبل احتضان اليتيم إبراهيم. وأبوها لا شكّ يعرف أنّ والد الفتى هو حبيب زوجته الأوّل. لكنّه لم يملكْ، أمام التهديد الصامت في عينَي الزوجة بكشف خياناته وحرمانه من إدارة أموال أبيها، سوى أن يستجيب لطلبها، ويقبل أن يعيش اليتيم إبراهيم، الذي ما عاد لديه أحد، معهمْ، ويتربّى مع ابنه إسحاق وابنته. لكنّه أشار إلى زوجته أنّه سيكسر رقبة إبراهيم بيديه إن تجرّأ ونظر إلى ابنته سارة نظرة غير الأخ. وفي سريرة نفسه، تمنّى لو يتجرّأ ابن يوسف، ويطمع في ابنته حتّى يتخلّص منه.

ليس يهمّ سارة سوى أنّ أمّها أحبّتْ مسلمًا، وكانت فعلًا ستتزوّجه لولا وصيّة أبي يوسف على فراش الموت أن يتزوّج يوسف ابنة عمّه اليتيمة، وخيار عدم الوفاء لوصيّة الأب لم يدر في بال يوسف. ما يهمّ سارة أنّ أمّها ستتفهّم حبّها لمصطفى المسلم، وستدعم قرارها بالزواج به. لكنّ أمّها صدمتْها بالرفض. كان الرفض عاتيًا هائجًا وغير مبرّر. لجمت المفاجأة، في البدء، سارة ثمّ حين تمكّنتْ من زمام نفسها أطلقتْ لسانها، «لكنّك أيضًا أحببت مسلمًا، وأردت الـزواج...»، ولم تمهلها صفعة أمّها أنْ تكمل جملتها. ارتدّت سارة إلى الخلف وسقطتْ. إنّها المرّة الأولى التي تمدّ إليها أمّها يدها. المرّة الأولى التي يضربها فيها أحدهم. قرّرتْ يومها أنْ تنتقم. أنْ تضع أمّها المنافقة أمام الأمر الواقع.

هذا اليوم. هذه الجمعة. قرّرتْ سارة، وهي في ذروة استعدادها الأموميّ، أنّ موعد التنفيذ حان. في هذا الوقت حيث المحالّ كلّها مقفلةٌ وسكّان المدينة ملتفّون على غداء الجمعة، أخذتْ سارة مفاتيح وكالة جدّها السياحيّة، وأخذتْ معها مصطفى. دخلا إلى الوكالة، إلى مكتب أبيها، واستلقتْ على الأريكة الفخمة، وفتحتْ ساقيها في دعوةٍ لم يكنْ مصطفى ينتظر أكثر منها. دخل الاثنان إلى الوكالة، وحين خرجا، كان ثالثهما في طور التكوّن.

ستتعلّم سارة قريبًا درسًا لن تنساه. لا شيء أبدًا يسير كما المتوقّع، كما ستتعلّم ألّا تمنح قلبها بعد ذلك لأحد.

تكرّرت اللقاءات على الأريكة ذاتها، وعلى العشب الأخضر في حدائق المدينة تحت ظلال الغروب، ويوم تأكّدتْ سارة من نجاح مهمّتها، اغتبطتْ وانطلقتْ تجري إلى مصطفى. تعلّقتْ بعنقه وسط السوق، وسط دهشة الناس الذين خدشتْ حياءهم، وقالت بفرحةٍ طفوليّةٍ إنّها حامل. صرختْ بعبارتها بصوتٍ سمعه كلّ من كان قريبًا منهما. تجمّد مصطفى في مكانه، لكنّه تمالك

نفسه بسرعة، وأبعد يديها عن عنقه. ستعترف سارة مستقبلًا بأنّ المحترفين في مجالها أنفسهم لا يملكون تلك البراعة الفطريّة. رسم الدهشة على وجهه، وشيئًا من البلادة، وادّعى أمام جمهور المتفرّجين أنّه لا يعرفها. لا يعرف من تكون ولا شأن له أن تكون حاملًا. لجمَت المفاجأة سارة. ولأنّها لم تتوقعْ شيئًا من ذلك لم تعرفْ ماذا تفعل إلّا أن تنعطف على عقبيها، وتسير دون وعيٍ إلى حيث تقودها قدماها، وقد أوصلتاها إلى الوكالة، وأمامها رأت إبراهيم منشغلًا بتلميع زجاج سيّارة أبيها. توقّفتْ، ثمّ زأرتْ واندفعتْ تجري وصارت تلكم صدره ووجهه، وتصرخ بكلامٍ غير مفهوم. لم يفهم إبراهيم أيّ عاصفةٍ هبّتْ عليه، ولم يملكْ سوى أن يحمي وجهه إلى أن خرج أندريه من مكتبه، ويبدو أنّه فهم الأمر على غير حقيقته، فقد جرّ إليه ابنته، بعدما هوى بصفعةٍ على وجه إبراهيم ألقتْه أرضًا، ونظر إليه متوعّدًا بقتله إنْ رآه مجدّدًا.

احتضن أندريه ابنته، ودخلا إلى مكتبه. حاول أن يفهم من كلامها المتقطّع بين نشيجها، ولم يستوعبْ سوى كلمةٍ واحدة. حامل. وقف وزأر. «سأذبح ذلك اللعين إبراهيم». توقّفتْ سارة عن النشيج ذاهلةً تحاول أن تستوعب كلام أبيها. احتاجتْ إلى بضع ثوانٍ قبل أن تفهم. ارتمتْ على الأريكة، وعادت إلى نشيجها، بعدما نطقتْ جملةً واحدةً من كلمتين: «ليس هو». سيسأل أبوها كثيرًا: «من إذن؟» وستسأل أمّها، وستُحبس في غرفتها، وسينتظر والداها كثيرًا أن يعرفا من أبو جنينها، ولن يعرفا. خلال أيّام حبسها قرّرتْ سارة أمرًا، وحين جاء الحاخام لزيارتها، بطلبٍ من أمّها، لعلّه يعرف منها من اعتدى عليها، أفصحتْ له عن طلبها، وكان مسرورًا للغاية أن يستجيب لها، ويصيد عصفورين بحجرٍ واحد. رفع رداءه وجلستْ هي على ركبتيها، وبعد يومين

عاد الحاخام مرّة أخرى ورفع رداءه، وقبل أنْ يغادر سلّمها المسدّس الكامل التعبئة الذي طلبتْ.

في اليوم نفسه تسلّلتْ من البيت، وكمنتْ في زقاقٍ يمرّ منه مصطفى مساءً بعد عودته من السوق. «مصطفى». نادتْ بخفوت المحبّين، حين انعطف إلى الزقاق حيث تنتظر.

الدهشة أوّلًا، رأتْ على وجهه، ثمّ الغضب. أطبق على معصمها. دفعها إلى الجدار وضغط.

«اللعنة. عليكِ اللعنة. ماذا تفعلين هنا؟»، جرّها إليه وعاد يدفعها إلى الجدار. «لا أريد أن أراكِ مجدّدًا».

«أعرف». قالت. «جئت أودّعك». توقّفتْ برهةً وأكملتْ والدمع بدأ يلمع في حدقتيها. «لن تراني بعد اليوم حبيبي».

الدهشة أوّلًا، رأتْ على وجهه، ثمّ شيئًا من الراحة. خفّف الضغط على معصمها، وابتعد نصف خطوةٍ إلى الخلف. نظر إلى بطنها، ورأتْ سارة السؤال في عينيه. «لا تقلقْ. سأذهب إلى إسرائيل. لم أخبرْ أحدًا بأمرك ولن أخبر». «حسنًا». قال وعاد الجمود إلى وجهه. «هو الوداع إذن».

تبادلا نظراتٍ صامتةً، ثمّ دفن رأسه في صدره وأكمل طريقه.

«الوداع حبيبي». قالت سارة بخفوتٍ لم يسمعْه، ثمّ نادتْه بكلّ إصرار العزم لديها، «مصطفى».

استدار إليها متبرّمًا، وحين استدار رأى، وحين رأى كان آخر ما رآه المسدّس في يدها وومضة الضوء القصيرة. انطلقت الرصاصة. اخترقت الرصاصة جبهته. مرّت الرصاصة عبر دماغه. خرجت الرصاصة من مؤخّرة رأسه. رأتْ سارة كلّ ذلك ببطءٍ كأنّ الزمن يتعمّد غشّها ليترسّخ المشهد بتفاصيله الدقيقة في ذاكرتها إلى الأبد، ولم ترَ ملاك الموت يتلقّف روح مصطفى المنسحبة منه.

دوّى صوت الرصاصة في الزقاق الصامت، وارتعبتْ سارة من الصدى المتردّد أكثر ممّا ارتعبتْ من الثقب الأحمر المتوهّج في جبهة مصطفى. تجمّدتْ هي كما تخشّب مصطفى في وقوفه وكما تجمّدت الدهشة على وجهه. ثوانٍ بدتْ لها دهرًا، ظنّتْ خلالها أنّ الرصاصة لم تقمْ بمهمّتها المنذورة لها، وانتفضتْ حين هوت الجثّة الفارغة من الحياة دفعةً واحدة.

ما كادت الجثّة تسقط أرضًا حتى توقّفتْ سيّارةٌ عند مدخل الزقاق، وجاء الهتاف من داخلها، «هيّا سارة. بسرعة». لا تعرف سارة صاحب الصوت ولا السيّارة. وبقيتْ في وقفتها جامدةً، حتى خرج من المقعد المجاور للسائق شابٌّ تقدّم نحوها وجرّها، وهي مسلوبة الإرادة، كأنّ فعل سحب زناد المسدّس أتى على كلّ طاقة الفعل لديها، ودفعها عبر الباب بعد أنْ سحب المسدّس من يدها المتخشّبة. «هيّا قبل أنْ يتعرّف إليك أحدٌ من السكّان».

لم تبتْ سارة ليلتها تلك في بيتها، ولم تعرفْ أين هي. حُملتْ من السيّارة بعد رحلةٍ تجاوزت الساعة. ثمّ أُدخلتْ بيتًا يبدو كأنّه فيلّا. ستقودها امرأةٌ إلى غرفة نوم، وستوصلها إلى الفراش وتنزع حذاءها. ستنام سارة نومًا طويلًا ستقول عنه لاحقًا إنّه موتٌ لم تشعرْ خلاله بشيء. كانت قد استنزفتْ كلّ طاقتها، واحتاجت إلى عشرين ساعةً من النوم المتواصل قبل أنْ تستردّ بعض عافيتها وتفتح عينيها. ستعرف أنّها في فيلّا في طنجة وأنّها لن تعود أبدًا إلى تطوان، إلّا مرّةً واحدةً سريعةً لتودع رصاصةً في جبهة الحاخام الذي لا يزال مذاق لحمه النجس في فمها، وستأخذ منه بعد ذلك قطعة اللحم تلك لتكون تذكارًا هو الأوّل لها، ولن يكون الأخير في خزانتها السرّية في تلّ أبيب.

ستعرف سارة أنّها في ضيافة خليّةٍ من شباب اليهود يدرّبهم ضبّاط الموساد على العمليّات العسكريّة في مخيّماتٍ مغلقة،

لا تعرف عنها السلطات المغربيّة سوى أنّها مخيّماتٌ ترفيهيّةٌ رياضيّة. أدركتْ سارة أنّها في اللحظة التي اختارتْ فيها، طوعًا، أنْ تضغط زناد المسدّس، اختارتْ مسارًا جديدًا لحياتها لا رجوع عنه. خلال الشهر السابع من الحمل قرّرت التخلّص من الجنين، وكادت تموت خلال ذلك. بعد إجهاض الطفل، بعد عودتها من الموت، أحسّتْ أنّها وُلدتْ من جديد، وأمامها الآن مشوارٌ طويلٌ من المجد الذي لن يضاهيها فيه أحدٌ من زملائها في الموساد، كما في جيش الدفاع قبل ذلك. في مكتبها في الموساد الذي نادرًا ما تستقرّ فيه، علّقتْ لوحة الوصيّة التلموديّة: «إذا عزم شخصٌ أنْ يقتلك، قمْ إليه واقتلْه أوّلًا». صارت العبارة تلك دستورها في الحياة. لكنّ مسيرتها العظيمة تلك انهارت دفعةً واحدةً بسبب التسرّع الأخرق لرئيسها في تدبير هذه العمليّة. الهلع الذي أثاره علي حسين سلامة، وعمليّاته العسكريّة الاستخباراتيّة البالغة الإتقان أصابت الرجل بالجنون، ويبدو أنّ الشائعة صحيحةٌ فالمدير يعتزم التضحية برئيسها فداءً بسبب إخفاق الموساد الذريع في ملاحقة الأمير الأحمر.

# الموت في السفارة الإسبانيّة

لم تفشلْ أماري من قبلُ في سلسلة عمليّاتها البالغة الإتقان. فقط مرّةً واحدةً كادت تفشل وتخسر معها حياتها. تمكّنت يومذاك من اختراق حفلةٍ نظّمتْها السفارة الإسبانيّة في روما، واستطاعت التسلّل إلى مكتب الملحق العسكريّ الذي كان الموساد يشكّ في تعاونه مع المخابرات الليبيّة. بدأت التنقيب في أدراج مكتبه، حين جاء الصوت من خلفها بالإسبانيّة، «ماذا تفعلين هنا؟» استدارتْ ببطءٍ، وقبل أن تصل يد الحارس إلى مسدّسه قفزتْ أماري إليه بخطوةٍ واسعة، وضغطتْ بيمناها على رقبته، ويسراها أمسكتْ يمينه قبل أن يخرج المسدّس. دفعتْه إلى الحائط، وضغطتْ فصّ خاتمها في فمه. انتفض الرجل فورًا وقد سرى السمّ في دمه، وتراخى جسده. فشلت العمليّة، التي وجب أن تكون سريّةً دونما أثر، لكنّها على الأقلّ نجتْ بحياتها، ولتمنح لنفسها وقتًا إضافيًّا للخروج قبل اكتشاف الحارس المقتول، فتحت النافذة وتحقّقت من عدم وجود حرّاسٍ في الحديقة أسفلها، وجرّت الحارس الإسبانيّ بجهدٍ غير هيّن، حتّى أسندتْه إلى النافذة، ودفعتْه ليسقط.

# الحركة الرابعة

# مفارقة الوجود

# المفارقة الزمنيّة

شهقتْ خلود، وفتحتْ عينيها عائدةً من حلمٍ طويل. الظلمة حالكةٌ تمامًا. ستارةٌ سوداء ثقيلةٌ تحيط بكلّ شيء. كأنّه العدم. رغم ذلك تعرف أنّها في غرفة نومها، على سريرها. هذه معرفةٌ مخزّنةٌ في خلاياها، ولا تحتاج إلى أن ينعكس الضوء على عينيها حتّى تراها. لا تذكر متى نامت. يبدو أنّها كانت مرهقةً جدًّا حتّى بدا نومها كأنّه الموت. ما تتذكّره أنّها منذ الصباح الباكر وهي عاكفةٌ على الأوراق فوق مكتبها تسوّد الأفكار. وتلاحق موسيقى الأحداث التي تدور في دوّاماتٍ متشابكةٍ في عقلها. تجري أصابعها بالقلم محاولةً عبثًا اللحاق بتدفّق أفكارها. بعد أيّامٍ من النضوب استعادت حماستها للكتابة، وها هي تتقدّم حثيثًا في روايتها. وجدتْ أخيرًا العنوان المناسب لها، «كهف الألواح»، وأصبحت الكتابة سلسة. رغم أنّها أكملتْ فترة علاجها منذ أسابيع، حذّرها طبيبها من أنّ الانتكاسة محتملةٌ جدًّا ما دامت ترفض الغوص في أعماقها والتخلّص من القيح الكامن هناك. ثباتها الآن هشٌّ، وعليها أن تحاول أكثر. أن تكتب أكثر. استمرّت طيلة النهار تكتب إلّا من فترات راحةٍ قصيرةٍ جدًّا. يبدو أنّ النوم غلبها في إحدى تلك الفترات، وها هو الظلام أسدل عباءته الثقيلة على العالم. لكنّها بدأتْ تستشعر شيئًا غريبًا في ستارة الظلام هذه. قامت من السرير ومدّتْ يدها أمامها وقبضتْ على الظلام. كتلةٌ عجيبةٌ هي. ونعومةٌ لم تلمسْ مثلها من قبل. لكنّ الكتلة في قبضتها سرعان

ما بدأتْ بالاهتزاز، وارتفعتْ حرارتها حتّى تحوّلتْ لهيبًا قبل أنْ تتمكّن خلود من إفلاتها من يدها. بقيتْ الكتلة الملتهبة برهةً معلّقةً في الهواء، ثمّ صارت تدور حول نفسها، وتتوسّع فاتحةً فجوةً في ستارة الظلام الحالكة، في فضاء الغرفة، وعبرها رأت خلود جدارًا تغطّيه الأوراق المسودّة بقلم حبرٍ أزرق وقصاصاتٍ صحفيّةٍ مختلفة. اتّسعت الفجوة حتّى اقتربت من قامة خلود، ولم تفكّرْ كثيرًا، ولو برهةً، في أيّ خطرٍ محتمل. خطت خلود بقدمها داخل الفتحة، وأتبعتْها بكامل جسدها. هذه الغرفة ليست غريبةً عنها. ليست غريبةً قطعًا، إنّها غرفتها. غرفة نومها بكلّ تأكيدٍ، وذاك على يمينها مكتبها. اقتربتْ من الجدار، ومدّتْ أصابعها متردّدةً تتلمّس الأوراق المعلّقة. إنّه خطّها بكلّ تأكيد. لا أحد يملك أن يفكّ هذه الخطوط المتداخلة والأحرف الملتفّة على نفسها إلّاها. تتوقّف طويلًا أمام صفحةٍ أعلاها ما يبدو أنّه عنوان النصّ المكتوب، عبارة «عبر الزمن» مشطوبٌ عليها وكذلك عبارة «مفارقة التمهيد» وأسفلها عبارة «مفارقة الوجود»، وأسفل العنوان خطوطٌ متداخلة، مشطوبٌ على بعضها، توقّفتْ خلود مشدوهةً وهي تقرأها:

**شهقتْ خلود، وفتحتْ عينيها عائدةً من حلمٍ طويل. الظلمة حالكةٌ تمامًا. ستارةٌ سوداء ثقيلةٌ تحيط بكلّ شيءٍ كأنّه العدم. رغم ذلك تعرف أنّها في غرفة نومها، على سريرها. هذه معرفةٌ مخزّنةٌ في خلاياها، ولا تحتاج إلى أنْ ينعكس الضوء على عينيها حتّى تراها. تمدّ أصابعها أمامها، وتقبض على الظلام. كتلةٌ عجيبةٌ هي. ونعومةٌ لم تلمس مثلها من قبل. دافئةٌ عكس ما توقّعتْ أنْ يكون عليه الظلام الموصوف دائمًا بالبرودة. أمّا وقد مرّ**

**الخاطر في عقلها، فقد انتبهتْ ستارة الظلام إلى الخطأ، وصحّحتْ نفسها فورًا. تحوّل الدفء دفعةً واحدةً إلى برودةٍ قارسة، وصارتْ أثقل وأكثف. أرادت خلود أن تتخلّص من الكتلة من يدها، لكنّ الكتلة المستديرة كانت أسبق. فانزلقتْ على امتداد ذراعها، ثمّ استدارت على عنقها، ونزلتْ بين ثدييها، ومرّت ببرودتها القارسة فوق سرّتها. كانت خلود متجمّدةً، وهي تحسّ بكتلة الظلام تتحرّك فوق بطنها، وتنزل إلى ما بين فخذيها، ثمّ ولجتْها بغتةً بقوّةٍ كأنّها قذيفة مدفع. صرختْ خلود وشهقتْ. فتحتْ عينيها ودقّات قلبها ما تزال تجاهد لضخّ الدم بما يكفي للعضلات المتحفّزة. استدارتْ خلود إلى يسارها. السرير فارغٌ إلّا منها. بدتْ أوّل وهلةٍ مرتبكةً، كأنّ شيئًا ما ليس في مكانه. أمرٌ غامضٌ لم تستطع الإمساك به. ثمّ طرق سمعها صوتُ رشّاش الماء في الحمّام، وتذكّرتْ ضيفتها، إيزل. تنهّدتْ مجدّدًا واعتدلتْ جالسة. توقّف صوت رشّاش الماء، وتبعه مباشرةً صوت فتح باب الحمّام. خطواتٌ مكتومةٌ على السجّاد. تقدّمتْ إيزل داخل الغرفة، وشهقتْ خلود...).**

توقّفتْ خلود عن القراءة تحاول التقاط أنفاسها كأنّها كانت تخوض سباقًا طويلًا. دقّات قلبها تتسارع. بدأت الغرفة تهتزّ تحت قدميها. أحسّتْ بالشقّ خلف ظهرها يسحبها. مدّتْ يديها تتشبّث بالمكتب على يمينها، لكنّ قوّة الجذب اشتدّتْ وسحبت الفتحة خلود ومعها ما أطبقتْ عليه يداها من أوراقٍ وقصاصات.

سقطتْ على ظهرها، وفي حجرها وبجانبها على الأرض، مبعثرةً، ما جاء معها من الأوراق والقصاصات وكتابٍ لامع

الغلاف. ما عاد الظلام الكثيف يثقل على هواء الغرفة، وما يتسرّب من الضوء عبر النافذة يكفي لترى الموجودات بجلاء. مدّتْ خلود يدها متردّدةً نحو غلاف الكتاب، المكتوب في وسطه بخطٍّ كبير «كهف الألواح» وفي الأسفل اسمها ذاته، «خلود العمراني»، وفي الركن الأسفل اسم دار النشر، «نوفل». ما كاد إصبعها يلمس الغلاف حتّى أحسّت بصاعقةٍ كهربائيّةٍ عبرتْ من طرف إصبعها إلى قلبها.

صرختْ، ثمّ فتحتْ عينيها وشهقتْ.

# ديجافو

صرختْ خلود وشهقت. فتحتْ عينيها ودقّات قلبها ما تزال تجاهد لضخّ الدم بما يكفي للعضلات المتحفّزة. استدارت إلى يسارها؛ السرير فارغٌ إلّا منها. بدتْ أوّل وهلةٍ مرتبكةً، كأنّ شيئًا ما ليس في مكانه. أمرٌ غامضٌ لم تستطع الإمساك به. ثمّ طرق سمعها صوتُ رشّاش الماء في الحمّام، وتذكّرتْ ضيفتها، إيزل. تنهّدتْ مرّةً أخرى واعتدلتْ جالسة. توقّف صوت رشّاش الماء، وتبعه مباشرةً صوت فتح باب الحمّام. خطواتٌ مكتومةٌ على السجّاد. تقدّمتْ إيزل داخل الغرفة، وشهقتْ خلود من جديد.

هذا البياض الشاهق لجسد إيزل يخطف الأنفاس. تتسارع دقّات قلب خلود، وتتكثّف قطرات العرق على جبينها.

- آسفة خلود. لم أقصد الخروج هكذا، حسبتُكِ نائمة.

- لا، لا تعتذري.

بالكاد بلعتْ خلود ريقها، وتمكّنتْ من تشكيل ردّها، ثمّ أضافت بعد تردّد: «جسدك جميلٌ. هل تسمحين لي بلمسه؟» لم تجبْ إيزل. بقيتْ صفحة وجهها لا تعبّر عن شيء. ثمّ ابتسمتْ. ابتسامةٌ صغيرةٌ يمكن أن تدلّ على الممانعة المتدثّرة بالحياء كما يمكن أن تدلّ على الموافقة المرحّبة. لم تكذّبْ خلود خبرًا وقامت، بهدوءٍ وتريّثٍ حتّى لا يُفزع اندفاعها إيزل.

جسدك جميل. هل تسمحين لي بلمسه؟ عبارةٌ مألوفةٌ لا تتذكّر خلود أين سمعتها.

مـرّرتْ خلـود أصابعها فـوق بطن إيـزل. وداعبت السـرّة ثمّ صعدت إلى الأعلى، وقرصت الحلمة التي استيقظتْ من نومها. تأوّهتْ إيزل وكذلك خلود.

أغمضتْ خلود عينيها. كانت نائمةً على ظهرها عارية الصدر. شهر يونيو والسنة الدراسيّة تلفظ أيّامها الأخيرة. فتحتْ عينيها لتجد رفيقة غرفتها في السكن الجامعيّ جالسةً بجانبها وكفّها تستريح فوق البطن العاري. عطرها الساحر يخترق أنف خلود، مع ابتسامة الدلال التي استقبلتْها بها. مدّت زميلة السكن أصابعها تتلمّس الحلمتين الصغيرتين، وشعرتْ خلود بصاعقةٍ كهربائيّةٍ وبالرطوبة بين فخذيها. أرادت أن تصرخ في وجه شريكة سكنها وتبعد أصابعها التي تداعب حلمتها، لكنّها بالقدر نفسه أرادت المزيد. كأنّ رفيقتها أحسّتْ بما يتلاطم في وجدان خلود، فنزلتْ بشفتها تقبّل منبت الثدي، وصعدتْ حتّى أطبقتْ على الحلمة. مصّتْها قليلًا ثمّ عضّتْها عضّةً خفيفةً. تـأوّهتْ خلـود وأعلن الانتصار عن نفسه على صفحة وجه زميلتها. تشجّعت الآن أكثر. فأطبقتْ على شفتَيْ خلود التي أغمضتْ عينيها، وتركت زميلتها تذيقها رحيق شفتيها حتّى شعرتْ بأصابعها تندسّ بين فخذيها. استيقظتْ آنذاك من غفوتها، ودفعتْ شريكة الغرفة. صرختْ بها: «ماذا تفعلين؟» وجاءت الصرخة مماثلةً من إيزل: «ماذا تفعلين؟».

وجدتْ خلود نفسها تضغط إيزل على الجدار وأصابعها تبحث عن منفذٍ بين فخذيها.

جسدك جميل. هل تسمحين لي بلمسه؟ عبارةٌ مألوفةٌ طرقتْ سمع خلود من قبل، وما تزال تحاول التذكّر. الصداع ينخر في رأسها وهي مصرّةٌ على التذكّر.

«من فضلك خلود، لا». وتملّصتْ إيزل خارجةً من الغرفة.

توقّفتْ خلود مرتبكة. دارت بعينيها في أرجاء غرفتها. دهَمَها فجأةً شعورٌ بالتيه. لم تعرفْ أين هي. أغمضتْ عينيها. صوتٌ بعيدٌ يأتي من أعماق الكون يتردّد في عقلها: «آزاد، لا تتأخّري. أنتظرك».

تـردّد الاسم في عقلها كأنّه صدى نـداءٍ يتكرّر بين تجاويف الكهوف وأودية الجبال. آزاد، آزاد، آزاد. ثمّ سمعتْ صوت الرعد. لا، ليس الرعد، بل صخورٌ تهوي من جبلٍ عالٍ. أحسّتْ بالألم في كامل جسدها. تقوّستْ وصرختْ. أحسّتْ بركلةٍ عاتيةٍ في بطنها، من الداخل، وخرج الهواء من فمها صفيرًا حادًّا. ألمٌ فظيعٌ أسفل بطنها، كأنّ عظام جسدها تعيد تشكيل نفسها. هكذا جاء الخاطر وهي لم تعرفْ من قبل شيئًا يمكن أنْ تسمّيه آلام إعادة تشكيل العظام. أحسّتْ باللزوجة بين فخذيها. رفعت قميص النوم، ووجدتْ السائل الكثيف القاتم السواد يتدفّق من فرجها، وينزلق على فخذيها. جسدك جميل. تتذكّر الآن. حفل عيد ميلاد صديقتها هند. أقامت هند الحفل في فيلا عائلتها، في حيّ السوريّين. الصخب في الحديقة، وفي الطابق السفليّ. أمسكتْ هند بيد خلود، وسحبتْها معها إلى الطابق العلويّ. إلى غرفة نومها تريها الفستان الفاتن. كما قالت، الذي جاء به خطيبها من باريس. الدوار بسبب الصخب ودخان السجائر والحشيش. تتذكّر خلود الآن أنّها كانت مرتبكةً شبه دائخة. لم تنتبهْ آنذاك لغرابة طلب هند، وفقط الآن تنتبه إلى أنّ دوختها لم تكن طبيعيّة. كانت خائرة القوّة تقريبًا، مسلوبة الإرادة. طلبتْ منها هند أن تجرّب الفستان. تريد أن تراه عليها. الساتان الأسود الضيّق. كان على خلود أن تخلع عنها قميصها وسروال الجينز. عندها قالت هند عبارتها التي تدوّي الآن في رأس خلود. جسدك جميل. هل تسمحين لي بلمسه؟ دائخةً كانت خلود، ولم تنتظرْ هند ردّها قبل أن تطوّقها بذراعيها، وتطبق بشفتيها على شفتَي خلود.

دائخةً كانت خلود، لكنّها تتذكّر الرعشة التي مرّت على كامل جسدها الفتيّ واللذّة الحرّيفة التي أسكرتْ عقلها.

انفتح باب الغرفة، وفتحتْ خلود عينيها. شهقتْ وطفقتْ تبحث عمّا تغطّي به جسدها العاري. ضحكت هند وقالت: «لا تقلقي، إنّه خطيبي وحسب».

«خطيبي وحسب». قالت.

ولج الخطيب وأغلق الباب وراءه.

هل كان الأمر مدبّرًا بينهما من قبل أم ما حدث بعد ذلك هو محض صدفة؟ لا تعرف خلود. ما تعرفه هو أنّ الشباب صاروا يعيشون سعارًا جنسيًّا منفلتًا من كلّ عقال، بسبب انتقال المجتمع دفعةً واحدةً من محافظٍ منغلقٍ إلى منفتحٍ تمامًا دون قيود. المثليّة بين الفتيات انتشرتْ لا لسببٍ، كما تخمّن، إلّا تأثّرًا بما تروّج له المسلسلات والأفلام الأميركيّة. كان هذا تحقيقها الصحفيّ الذي تشتغل عليه آنذاك. وهذا هو سبب قبولها دعوة هند لتلك الحفلة، لتتعرّف أكثر إلى الأجواء، بحكم طبيعة الحياة المرفّهة التي تعيشها هند ونوعيّة صديقاتها، وربّما من خلال ذلك تقترب من فهم نفسها أكثر وما حدث من قبل في الحيّ الجامعيّ. هند تعرف بأمر تحقيق خلود الصحفيّ، فهل تكون تلك المعرفة هي سبب ذلك الفعل؟ أن تقدّم لخلود تجربةً حيّةً عن الواقع الذي لا تعرف عنه شيئًا، حتّى تجد ما تكتب عنه بصدق؟ أم تراها أرادت هند أن تقدّم إلى نفسها في عيد ميلادها هديّةً، تجربةً جنسيّةً ثلاثيّةً برفقة خطيبها، أو أرادت أن تجرّب فعل الاغتصاب، أن تمارسه هي المرأة، ولو على امرأةٍ أخرى؟

كلّ شيءٍ محتمل.

عبرتْ كلّ تلك الخواطر بسرعةٍ رهيبةٍ في وعي خلود، وهي تحاول عبثًا دفع هند عنها. لكنّ صراخها الهستيريّ لم يتغلّبْ

على صخب الموسيقى في الطابق الأرضيّ، ولا توسّلاتها نفعتْ ولا مقاومتها.

بعدما قضى منها الاثنان وطرهما، زرّر الخطيب سرواله وغادر. أشعلتْ هند سيجارةً، ونظرتْ بغضبٍ تجاه خلود. توقّفي عن الأنين. الأمر لا يستحقّ كلّ هذا الصراخ الهستيريّ. ثمّ غادرت الغرفة. جسدك جميل. هل تسمحين لي بلمسه؟ لملمتْ خلود نفسها، بالكاد. أدخلتْ ساقيها في سروالها، ورمتْ عليها قميصها. خرجت مترنّحةً وهي تقاتل لتزرّر قميصها. تعثّرتْ قدمها عند أوّل درجةٍ من السلّم، وتدحرجتْ نحو الأسفل. صاحب سقوطها صراخ المحتفلين في الطابق الأرضيّ، ثمّ عمّ الصمت، ولم تعدْ خلود تسمع شيئًا. ألمٌ رهيبٌ في كامل جسدها، لكنّها لم تقوَ حتى على الأنين. لزوجةٌ ساخنةٌ حارقةٌ بين فخذيها. ما زال السائل الكثيف القاتم السواد يتدفّق من فرجها وينزلق على فخذيها. دقّات قلبها تتسارع، والمغص في أمعائها يحفر أكثر والسائل يواصل تدفّقه. بدأت الأرضيّة تغرق بالسائل الأسود حتّى امتلأت تمامًا، ثمّ بدأ يتسلّق الجدران وعُمّ السواد كلّ شيء. ظلمةٌ حالكة، ثمّ فتحتْ خلود عينيها. شهقتْ، وفتحتْ عينيها.

وجدت خلود إيزل ما تزال نائمةً بجانبها، عاريةً تمامًا، من ملابسها ومن الغطاء. تنهّدتْ خلود ومدّت أطراف أصابعها تتلمّس سرّة إيزل. ما يزال أريج عطرها يتسرّب إلى أنف خلود، ويشعل في ذاكرتها الحرائق. ارتفعتْ أصابع خلود نحو ثدي إيزل وأمسكتْ بالحلمة. شدّتْها قليلًا وفتحتْ إيزل عينيها.

بدت عليها أوّل وهلةٍ الدهشة. ثمّ عدم الفهم، ثمّ الغضب. ثمّ قفزتْ من السرير تصرخ: «ماذا تفعلين؟».

«إيزل، إيزل. انتظري». قامت خلود تحاول تهدئة إيزل. إلّا أنّ الغضب سبق أن تمكّن منها، فصارت إيزل نمرةً مستعدّةً لافتراس

كلّ من يقترب منها. اقتربتْ خلود فحصلتْ على ركلةٍ بين فخذيها. عوت وتقوّست. جاء دورها الآن لتغضب. قامت بسرعةٍ وصفعت إيزل. خلود نفسها ارتعبتْ من صوت الصفعة، لكنّ الجنون تمكّن منها هي الأخرى. دفعتْ إيزل نحو الجدار. عصرتْ ثدييها وهي تبحث عن شفتيها. تقاوم إيزل وتبعد شفتيها عن شفتيْ خلود. تغضب خلود. تصرخ. تصفع إيزل مرّةً ثانية.

«اهدئي يا حمقاء. كفّي عن الأنين وهذه الهستيريا». وقبضتْ أخيرًا على شفتيها. استعادتْ إيزل قوّتها، فدفعتْ خلود حتّى سقطتْ ثمّ ركضتْ في اتّجاه الشرفة الملحقة بغرفة النوم، وعندها رأتْ خلود المشهد بجلاءٍ تامّ: إيزل تتعثّر في الإطار السفليّ لباب الشرفة، وتسقط مندفعةً نحو الأمام متجاوزةً حاجز الشرفة القصير، وتواصل اندفاعها نحو أسفلت الشارع. «توقّفي إيزل، ستسقطين». لكنّ نداء خلود جاء متأخّرًا، واتّحدتْ صرختها مع الصرخة الحيوانيّة القادمة من حلق إيزل. جاء صوت الارتطام بالأسفلت، وغابتْ خلود عن الوعي، وتدفّقت الدماء من بين فخذيها. دماءٌ سوداء كثيفةٌ تدفّقت دون توقّفٍ حتّى غطّت الأرضيّة كلّها، وبدأت تتسلّق الجدران ثمّ السقف. أطبق الظلام كثيفًا ثقيلًا خانقًا، وصار يضغط ويضغط ثمّ ظهرتْ نقطةٌ بيضاء دقيقةٌ جدًّا في الأعماق البعيدة، وانبثق النور دافعًا الظلام كلّه دفعةً واحدة،

وفتحتْ آزاد عينيها.

# النداء الثاني

أحسّت آزاد بالآلام منتشرةً على كامل جسدها كأنّ مطارق ضخمةً هشّمتْ كلّ عظامها. حرّكتْ رأسها بصعوبةٍ تستكشف مكانها. يبدو كأنّه كهف. آخر ما تتذكّره هو سقوطها من المنحدر الصخريّ.

حاولت النهوض. لكنّها تأوّهتْ واستلقتْ من جديد.

«على رسلك بنيّتي». جاء الصوت من مدخل الكهف، فاستدارت آزاد لتجد عجوزًا متدثّرًا بالبياض، وكذلك هي لحيته بيضاء وعصاه.

«من أنت؟ كيف وصلتُ إلى هنا؟». لم يلتفت الرجل إلى سؤالها، وتقدّم إلى رفٍّ منحوتٍ في الجدار الخلفيّ للكهف يرصّ عليه قناني مختلفة الألوان والأحجام. أخذ واحدةً وصبّ منها في كوب. أخرج من صرّةٍ يحملها بضعة أعشابٍ فتّتها في الكوب. خلط المنقوع قليلًا، وتوجّه نحو آزاد: «اشربي هذا. سيخفّف عنك الآلام».

صوته دافئٌ وحنون. انصاعت له آزاد دونما تردّدٍ وشربت المنقوع، بعدما ساعدها الرجل على الجلوس.

أغمضتْ عينيها، وزمّت شفتيها للتغلّب على مرارة الدواء. ثمّ تذكّرتْ. التفتت يمينًا ويسارًا في أرجاء الكهف. رأت صرّة ملابسها غير بعيدةٍ عنها. تسارعت دقّات قلبها.

- أين طفلي؟

سألتْ جزعة.

- بنيّتي.

لكنّها قاطعتْه صارخةً مكرّرةً السؤال.

«بنيّتي»، قال وهو يحاول أنْ يربّت كتفها. دفعتْ يده بعيدًا.

«أين طفلي؟»، صرّت على أسنانها وهي تسأل مجدّدًا.

تنهّد الرجل، «لا يوجد أيّ طفل. عدنان لا وجود له».

«عدنان؟ كيف تعرف اسمه؟» هو اسمٌ لم تمنحْه لطفلها إلّا هذا الصباح ببركةٍ من الوليّ الصالح آزاد. هل يمكن أن يكون هو هذا الرجل؟

لم يجبْ. قام الرجل إلى صندوقٍ خشبيٍّ في ركن الكهف. أخرج منه كرةً بلّوريةً، وعاد يجلس بجانب آزاد. وضع البلّورة في حجرها.

- بنيّتي. المسي الكرة بكلتا يديْكِ، وانظري.

لمستْ آزاد الكرة منصاعةً، وأحسّتْ بقوّةٍ رهيبةٍ تسحبها إلى داخلها.

استيقظتْ ذلك الصباح على مغصٍ حادٍّ في بطنها ودماءٍ تغطّي فخذيها. لم تعرفْ أمّها التي كفلتْها صغيرةً كيف تتصرّف. أرسلتْ تطلب القابلة. لا لسببٍ محدّد، إلّا أنّها الأعلم بأمور النساء. لكنْ قبل وصولها كانت أحشاء المراهقة الفتيّة قد دفعت الجنين غير المكتمل خارج الرحم. كانت صرخة المراهقة عظيمةً من الألم، وكانت صرخة المرأة أعظم من هذه المفاجأة غير المتوقّعة. خرست الفتاة طيلة الأيّام التالية وهزلت، من الصدمة على الأرجح، لكنّ الجميع افترضوا الصمت رفضًا للكلام عن الفضيحة وصاحبها. كان القرار في نهاية الأمر أنْ تُبعد الفتاة إلى حدود القرية، ولأنّ البعض فكّر أنّ الفتاة قد تكون ضحيّةً، وليست بالضرورة عاهرةً أغوت أحد شبابهم، ابتنوا لها على عجلٍ كوخًا على حافة الوادي، مع رغبةٍ سرّيةٍ في أن تأتي ريحٌ قويّةٌ

تلقيها وكوخها إلى الأسفل. هناك أخذتْ معها الفتاة شبح كتلة اللحم الحمراء، وتابعت نموّها في الكوخ.

شهقتْ آزاد، وفتحتْ خلود عينيها.

لم تجدْ خلود الجرأة لتعود، بعد، لتلمس الكتاب. مرّتْ دقائق مذ فتحتْ عينيها بعد الصاعقة التي أصابتها، وما زالت تتأمّل في الكتاب. «كهف الألواح» هو العنوان الذي اختارته، بعد مخاضٍ صعب، عنوانًا للصفحات التي تسوّد، على أمل أنْ يكتمل النصّ يومًا ما روايةً. ويبدو أنّه سيكتمل ذات يومٍ، حسبما يبدو على غلاف الكتاب عند قدميها. ثمّة تفسيرٌ واحدٌ لمعنى وجود الكتاب، والغرفة حيث كانت. تفسيرٌ مستحيلٌ قطعًا: فجوةٌ زمنيّةٌ تكوّنتْ في الغرفة سمحتْ لها بالسفر عبر الزمن إلى المستقبل.

تطرح نظريّة السفر عبر الزمن مشاكل منطقيّةً لا حدود لها، ولذلك تبقى مجرّد نظريّةٍ تشغل بال كتّاب روايات الخيال العلميّ. تخيّلْ أنّ شخصًا يعود عبر الزمن إلى الماضي، ويقتل أباه قبل أن يضع نطفته في رحم أمّه. وعلى سبيل التأكيد يقتل أمّه أيضًا. هذا يعني أنّ هذا الشخص لا يُفترض أن يوجد. لكنْ بما أنّه لم يوجدْ، ومن ثمّ لن يسافر إلى الماضي، فإنّ أباه لن يُقتل ولا أمّه، وهكذا ندور في حلقةٍ مفرغة، ويا لها من معضلة. لكنّ كتاب «كهف الألواح» بين قدمَيْ خلود يثبت أنّ السفر عبر الزمن ممكن. هذا هو التفسير الوحيد الذي فكّرتْ فيه خلود آنذاك. ولن تفكّر إلّا لاحقًا في احتمالٍ بديل، لا يقلّ غرابةً عن السفر عبر الزمن: احتمال الأكوان المتعدّدة والعوالم المتوازية، أيْ إنّ الفتحة التي تكوّنتْ في غرفتها لم تكنْ شقًّا زمنيًّا، بل كانت نافذةً إلى عالمٍ آخرَ يشبه عالمنا، عالمٍ تمكّنتْ فيه خلود هناك من إكمال روايتها قبل خلود عالمنا.

الاحتمال الآخر الذي لم يغبْ عن، وأيضًا لم يحضرْ في، وعي خلود هو أنّ كلّ ما حدث، وما يحدث، محض خيالاتٍ وأوهامٍ وهلوسات. ربّما يجدر بها أنْ تغيّر عنوان روايتها إلى «متاهة الأوهام»، على الأقلّ بهذا ستخلق تفرّعًا في مسار الزمن بحيث يغدو فيه الكتاب الذي عند قدميها غير مطابقٍ للخطّ الزمنيّ، وسيكسر سلطة القدر، وإلّا فإنّها ستدخل في مفارقة التمهيد، وسيبدو كأنّ الرواية انبثقتْ من العدم، وصارت تكتب نفسها بنفسها.

نفضتْ أفكارها بحركةٍ من رأسها يمينًا ويسارًا، ومدّت يدها تقلّب في الأوراق التي جاءت بها. رفعتْ ورقةً يبدو أنّها فصلٌ من الرواية عنوانه «رحلة البطل». توقّفتْ مندهشةً تقرأ: «الاحتمال الآخر الذي لم يغبْ عن، وأيضًا لم يحضرْ في، وعي خلود هو أنّ كلّ ما حدث، وما يحدث، محض خيالاتٍ وأوهامٍ وهلوسات. ربّما يجدر بها أنْ تغيّر عنوان روايتها إلى «متاهة الأوهام»، على الأقلّ بهذا ستخلق تفرّعًا في مسار الزمن بحيث يغدو فيه الكتاب الذي عند قدميها غير مطابقٍ للخطّ الزمنيّ...».

على ظهر الورقة نفسها يوجد مخطّطٌ وفقراتٌ قصيرةٌ لما يُفترض أنْ يكون عليه هذا الفصل، مع ملاحظةٍ تقول: تجربة كتابة حكاية آزاد على منوال رحلة البطل كما حدّدها جوزف كامبل في كتابه «البطل ذو الألف وجه».

نعم، هذه الفكرة كانت قد مرّتْ من قبل بشكلٍ ضبابيٍّ في ذهن خلود وتركتْها جانبًا حتّى تختمر.

متشوّقةً إلى التفاصيل، تمدّ يدًا متردّدةً نحو الكتاب، وتسحبها. تجلّدي يا فتاة، تقول لنفسها. تمدّ يدها من جديد، لكنّها لا تزال متردّدة، ولذلك يرفض الكتاب أنْ يسلّم لها نفسه. الصاعقة نفسها، كما المرّة السابقة، حين لامس طرف إصبعها الغلاف. صرختْ وارتدّت إلى الخلف.

فتحتْ خلود عينيها متألّمةً، ثمّ أغمضتْهما مجدّدًا بسبب الضوء الباهر الذي انبثق في الغرفة. فتحت آزاد عينيها متألّمةً، وضيّقتْ حدقتيها وهي تحاول تغطية جبهتها وعينيها من وهج الشمس الحارقة. تقاوم الضوء الساطع وتضيّق عينيها. تتسارع دقّات قلبها. ليس سرابًا ما تراه. إنّه الجبل الموعود. نعم، ليس سرابًا. تدرك ذلك. تركّز نظرها أكثر. وترى فتحة الكهف. أخيرًا اقتربتْ من لقاء الوليّ الصالح آزاد. أخيرًا. بضع خطواتٍ وتصل. تدفعها الحماسة لتركض. رغم كلّ التعب. تركض وتركض. تشعر كأنّها لا تقترب أبدًا، كأنّ الجبل يهرب منها. لا. تزمّ شفتيها وتصرخ: لا. هذا ليس سرابًا، وتواصل ركضها. تتعثّر بصخرةٍ ناتئة، وتسقط على وجهها. تبتلع حفنةً من الرمال، وترفع رأسها، تسعل لتطرد الرمال الملتصقة بفمها. رفعتْ نظرها إلى الأمام. لقد وصلتْ. وصلتْ إلى الجبل. لهفةٌ وحماسة. تتسلّق الجبل على أربع. تلهث. اقتربتْ أخيرًا من الوصول. بضع خطواتٍ وتصل إلى الكهف. تستقيم واقفةً وتدفع قدمها إلى الأمام. ينهار ثقلها وتسقط. تتدحرج على الأحجار الحادّة والصخور المدبّبة، ورأت الموت يطلق ضحكته الساخرة. الدهشة تسكن عينيها. ليس عدلًا. تشعر بأنّها مخدوعةٌ تعرّضتْ للخيانة. ليس عدلًا أنْ تستجيب لدعوة الوليّ الصالح، وأنْ تتكبّد مشاقّ كلّ هذه الرحلة، ثمّ عند باب الكهف تموت قبل أنْ تلتقي الوليّ الصالح. تستلقي آزاد على ظهرها، وتنظر بعينين ذابلتين نحو السماء. جسدها ينزف كلّه والألم رهيب. لكنّها تزمّ شفتيها حتّى لا تصرخ. تقاوم غمامةً ضبابيّةً تغطّي بصرها ووعيها ينسحب منها. تقاوم، وتقاوم، ثمّ يعمّ الظلام.

شهقتْ خلود، وفتحتْ عينيها.

# بداياتٌ ونهايات

استيقظتْ ولم يكنْ حلمًا. أو بالأحرى لم يبد كأنّه حلم، بل حياة عاشتها. هي خلود. اسمها خلود العمراني. تبتعد حثيثًا عن الثلاثين نحو سجن الأربعين. مطلّقةٌ أو ربّما ليس بعد. خلود هي أنا. لكنّني أكتب بضمير الغائب سعيًا إلى موضوعيّةٍ أكبر؛ للوصول إلى الحقيقة المجرّدة التي تطلبها سيّدي المفتّش. ولو أنّ الحقيقة الوحيدة الثابتة هي أنّه لا حقيقة مطلقة، أو مجرّدة، يمكننا أنْ نحيط بها. الحقيقة وهم. نعم سيّدي المفتّش، وهم، وها أنت بنفسك تقرأ ما أكتب من حقائق مفترضة، أو حكاياتٍ متداخلة، أظنّك لن تُخرج منها خيطًا واحدًا سليمًا إلّا بشقّ الأنفس.

الآن. ترتّب خلود أفكارها على الورق. الحقيقة الأولى: جثّة إيزل اختفت. الحقيقة الثانية، ويُفترض أنّها الأولى: عدنان تبخّر وما عاد له وجود. الحقيقة الثالثة: ثمّة جثّة رجلٍ إسبانيّ. هذه الحقيقة الثالثة هي كلّ ما يهمّ المفتّش. هو لا يعرف عدنان، ولا يهمّه البحث عن جثّة إيزل التي لا يعتبرها موجودةً خارج عقل خلود، وما يريده هو أنْ تفصّل خلود، أنْ تكتب اعترافًا مفصّلًا، عن علاقتها بالجاسوس الإسبانيّ ومقتله.

ثمّة حقيقةٌ أخرى، الحقيقة الصفر لو صحّت التسمية، هي أنّها سجينة هذه الغرفة البيضاء. كأنّها غرفة مستشفى. كيف وصلتْ إلى هنا هو أمرٌ لا تتذكّره. ما تتذكّره الآن هو أنّها ملزمةٌ بتنفيذ رغبة/طلب/أمر هذا المفتّش. الذاكرة، حسبما تعرف

خلود، محض وهم. خلود متأكّدةٌ من ذلك. نحن بارعون جدًّا في اختلاق الذكريات. استرجاع الذكريات خلقٌ لها، تزييفٌ لها. كلّ ما نسترجعه محض وهم. أكاذيب. مع ذلك، هي لا تملك الآن إلّا الأقلام والأوراق والاستجابة القهريّة للأمر بأنْ تكتب. لكنّ العائق الأوّل هو أنّها، مع كلّ تلك الأحلام المتداخلة، لا تعرف هل استيقظت الآن، أم لا تزال تعيش حلمًا ما.

تدرك الآن، وتشعر بمأزق جوانغ زي: «رأيت أنا جوانغ زي مرّةً في منامي أنّي فراشةٌ ترفرف بجناحيها في هذا المكان وذاك. أنّي فراشةٌ حقًّا. ولم أكنْ أدرك شيئًا أكثر من تتبّعي لخيالاتي التي تشعرني بأنّي فراشة. أمّا ذاتيّتي الإنسانيّة، فلم أكنْ أدركها قطّ. ثمّ استيقظت بغتةً وها أنا ذا منطرحٌ على الأرض رجلًا كما كنت، ولست أعرف الآن هل كنت وقتئذٍ رجلًا يحلم بأنّه فراشة، أم أنا الآن فراشةٌ تحلم بأنّها رجل».

هذا الابتعاد لا يسمح لي بحرّية تدفّق الأفكار. التفكير فيها من زاوية راوٍ غائبٍ يخلق حاجزًا أمام ما يمكن تذكّره وطبقةً إضافيّةً من التعقيد. كلّا. العودة إلى ضمير المتكلّم أفضل.

مهلًا: راوٍ وضمير؟ ماذا لو كنت شخصيّةً في روايةٍ يقودها كاتبٌ ما وحين تعذّر عليه المواصلة بضمير الغائب، وتكاسل عن العودة إلى الوراء لتحرير ما سبق، أنطقني بما نطقت به أعلاه مبرّرًا ذلك الحديث بحاجزٍ وهميٍّ يعوق التذكّر؟ نعم، هو كاتبٌ كسول، وما أكثر الكتّاب الكسالى لدينا. بعضهم من شدّة كسله يثرثر دون توقّفٍ دون أيّ صبرٍ على مراجعة ما كتب وتشذيبه وحذف الفائض قبل رمي الكتاب إلى المطبعة. بل إنّ أحدهم تمادى في كسله، في اتّجاهٍ عكسيّ، حدّ أنّه تكاسل عن كتابة فصلٍ من روايته، واكتفى بفكرةٍ ضبابيّةٍ عمّا يُفترض أنّه رحلة البطل ذي الألف وجه.

المهمّ: اختفتْ جثّة إيزل كما تبخّر عدنان من قبل وكلّ ما يهمّك الإسبانيّ القتيل. دع العميل الإسبانيّ جانبًا وقلْ لي أين اختفتْ إيزل؟ لكنّك تريدني أن أبدأ، مرّةً أخرى، من البداية، وأكتب التفاصيل كلّها. حسنًا: خلود العمراني هو اسمي، أبتعد حثيثًا عن الثلاثين نحو سجن الأربعين. مطلّقةٌ أو ربّما ليس بعد، وكلّ ما سيأتي محض أكاذيب. جهّزْ لي ما يكفي من أوراقٍ وأقلامٍ واقرأْ إنْ كنت قارئًا.

كلّ ما سيأتي ذكره هو أكاذيب، وهو للسبب نفسه، حقائق لا يمكن التشكيك في صدقيّتها. لأحكي، أو لأعترف، وهي الكلمة التي تفضّلها لا شكّ، عليّ أن أتذكر. لكنّ السؤال الذي، كما يقولون، يفرض نفسه، هل الذكريات موجودةٌ حقًا قبل أنْ نحضرها إلى الوعي، ونسجنها في كلمات، أم نحن خلال عمليّة التذكّر نكتب الذكريات، نخلقها/نختلقها؟

أترى المأزق؟ هكذا علّمني عدنان كيف لا أسلّم نفسي لخداع الذاكرة.

الذاكرة ليست مخزنًا/مقبرةً لردم التراب فوق الذكريات. ليست مكتبةً لامتناهية الرفوف نكدّسها بالذكريات، المسجّلة، المحفوظة من التزييف. لو أنّ الأمر كذلك فكيف سنصل إليها، كيف نستخرجها من تلك المقبرة، ونحن لا نملك إليها وصولًا؟ لا يمكن الوصول إلى ذكرى محدّدةٍ بعينها واستخراجها ونحن لا نعلم أصلًا بوجودها. أن نعلم بوجودها يعني أنّها يجب أن تكون حاضرةً في الوعي. كلّ ذكرى بعينها يجب أن تكون حاضرةً في وعينا، الذكريات كلّها، حتّى نملك أن نتذكّرها. لكنْ لو أنّها جميعها حاضرةٌ في وعينا فنحن لن نحتاج إلى التذكّر آنذاك. كلّ الذكريات متذكّرةٌ بطبيعتها، ويا له من جحيم. هذا غير صحيحٍ كما لا يخفى عليك. أو ربّما هو يخفى عليك. لا فارق.

الذاكرة وهم. نحن بارعون جدًّا في اختلاق الذكريات. استرجاع الذكريات خلقٌ لها، تزييفٌ لها. كلّ ما نسترجعه محض وهم. أكاذيب.

غير أنّها رغم ذلك، ركّز مع قولي سيّدي المفتّش: هي ذكرياتٌ فريدة. ما يتذكّره/يخلقه الشخص الفلانيّ ليس، بحذافيره، ما يتذكّره/يخلقه الشخص العلّاني، حتى لو كانا يستعرضان ما يُفترض أنّه ذكرى مشتركةٌ بينهما. كلّ واحدٍ يخلق الذكرى، الذكريات، الخاصّة به. كلٌّ منّا يبصم خلقه ببصمته الفريدة. وهي لذلك، بفرادتها، تصير صادقةً تمامًا. فرادتها ليست اعتباطيّةً. تلك العشوائيّة في خلق الذكريات محكومةٌ بمنطقٍ ما وبـ...، لنقل، حقائق ما. وليس دوري أنا أنْ أحلّل تلك الاعتباطيّة، أو استخرج ما ستعتبره أنت حقائق وما ستضعه جانبًا مصنّفًا أكاذيب.

ما أقوله كذبٌ صرف؛ لأنّه لا يملك في ذاته ما يكفي لتكذيبه، لكنْ لأنّي أنا من أقوله، ولا أحد غيري يملك أنْ يقوله بالصيغة هذه، فإنّه يملك صفة الصدقيّة. إنّه ملكي، خاصٌّ بي. إنّه إنتاجٌ ذاتيٌّ محض. إنّه لا يحتاج، من داخله، في ذاته، إلى التكذيب.

لا شكّ بدأتْ تتململ ممّا قرأت بحثًا عن الحقيقة المطلقة التي تسعى إليها. بالله عليك أخبرْني أيّ حقيقةٍ مطلقةٍ هاته التي تسعى إليها وأنت عجزت عن إيجاد جثّة إيزل؟ بل أنت ترفض تصديق وجود الجثّة نفسها. تريد البداية. بداية كلّ شيءٍ قبل أنْ تحدّد إن كانت ثمّة جثّةٌ حقًّا تحتاج منك إلى التنقيب عنها؟ البداية. دعني أخبرك أوّلًا، البداية هي أيضًا، كما الذاكرة، وهم. محض وهم. تحديد نقطة البداية هو الآخر اعتباطيّ. عشوائيٌّ صرف. لكنْ بطبيعة الحال الأمر الاعتباطيّ، ما نصفه بالاعتباطيّ، هو الأمر الخارج عن قدرتنا التفسيريّة ليس إلّا. بمعنى، وركّزْ معي هنا، البداية وهم، لكنّ اختيار/انتقاء/تحديد البداية رغم اعتباطيّته

محكومٌ بمنطقٍ ما، بتفسيرٍ ما، أنا لا أملكه. فهل تملكه أنت؟ بل دعْني أخبرك: ماذا لو كانت البداية هي الوجه الآخر للنهاية، أقصد أنّهما النقطة نفسها وما الفرق بينهما إلّا تسمية؟ ماذا لو لم يكن الزمن خطًّا مستقيمًا يندفع إلى الأمام، بل دائرةٌ كاملةٌ كلّ نقطةٍ منها هي البداية والنهاية معًا؟

دعني إذن أبدأ بحكاية عدنان. لقائي الأوّل بعدنان يصلح أنْ يكون روايةً مستقلّةً بذاتها، ولا تستغربْ سيّدي المفتّش. وقد قلت هذا من قبل، كيف أنّي أتذكّر كلّ هذه التفاصيل، بل أنا نفسي مستغربة، وقد كنت دومًا أتأفّف من الروايات التي أجد فيها الشخصيّات تتذكّر وتعيد حكاية تفاصيل قديمةً مع حواراتٍ مفصّلة. كيف تراهمْ يتذكّرون كلّ ذلك؟ لكنّي الآن أعرف أنّني إذ أتذكّر كلّ هذا، فإنّني حقًّا لا أتذكّر شيئًا، بل أخلق كلّ شيءٍ من جديد.

كان عدنان يمشي في ليل طنجة شاردًا مكتئبًا دون هدفٍ محدّد، حين حملتْ إليه الريح أنينًا مكتومًا فرفع رأسه. رأى أمامه اثنين من قطّاع الطرق، أحدهما يقلّب في حقيبة يدٍ نسائيّةٍ والآخر يضغط نفسه على امرأةٍ ملتصقةٍ بالجدار. أوّل ما فكّر فيه عدنان، حسبما أخبرني لاحقًا بالقليل الذي بدأ يتذكّره/يختلقه، هو سرّ بقاء هذه المرأة خارج بيتها حتّى هذه الساعة المتأخّرة وحيدةً في شوارع مدينةٍ ما عادت آمنة، يبسط عليها قطاع الطرق سيطرتهم ليلًا، وحتّى نهارًا. مدينةٌ ما عادت المدينة التي عرفها طفلًا. المدينة الهادئة النقيّة صارت مصنعًا ضخمًا ينفث السموم نحو السماء كما نحو الأرض المزدحمة طرقها والمسوّرة أحياؤها بالكتل الأسمنتيّة الصاعدة من قلب الأرض. لغة أهل المدينة ما عادت هي اللغة. الهواء النقيّ ما عاد هو الهواء. الشاطئ ذو الرمال الذهبيّة ما عاد شاطئًا. ما عادت طنجة طنجة. مدينةً من

زجاجٍ صارت وطبع البرود أهلها والجمود. فقدانه ذاكرته بدا كأنّه هبةٌ، أو لعنةٌ بالأحرى، جعلتْه حسّاسًا لإدراك الفرق بين طنجة التي يسكنها الآن وطنجة التي تسكن ماضيه البعيد الذي لا يتذكّر منه شيئًا إلّا غلالاتٍ شبحيّة.

التمع ضوء مصباح الشارع على خنجرٍ طويلٍ في يد أحدهما، وتسمّر عدنان في مكانه. انتبه إليه حامل الخنجر، والتفت يلوّح بحركاتٍ خرقاء أراد منها أنْ تقتل أيّ بذرةٍ من شجاعةٍ يمكن أنْ تنمو في صدر عدنان. أمّا المرأة فصامتةٌ إلّا من أنينٍ خافتٍ لم يميّزْ منه عدنان إنْ كانت تتأوّه ألمًا أم استمتاعًا. كان رفيق حامل الخنجر يضغط المرأة إلى الجدار وسرواله ساقطٌ عند قدميه وتنّورة المرأة مرفوعةٌ إلى بطنها. تسمّرتْ عينا عدنان على بياض فخذ المرأة الواضح، رغم ضعف الإضاءة التي تلتهمها الظلال. انفلتتْ صرخة ألمٍ من فمها بعد حركةٍ عنيفةٍ من الذي يضغطها إلى الجدار. أبعد عدنان نظره عن سحر البياض، مندهشًا من نفسه، ومن الصلابة بين فخذيه. رفع نظره إلى الأعلى، ووجد المرأة تنظر إليه في وقفته المتجمّدة. أحسّ بحرارة الخجل تلهب وجهه. رأى البريق المتلألئ في العينين الصامتتين. كان الاستجداء واضحًا فيهما، غير أنّ حامل الخنجر تململ من جمود عدنان، فلوّح بخنجره مرّةً أخرى، وتقدّم في اتجاهه. عضّ عدنان شفتيه. انعطف إلى شارعٍ جانبيٍّ على يمينه وأسرع الخطى. تردّد أنين المرأة الخافت في رأسه وأسرع أكثر. إنّها هادئة. كان يفكّر. مستسلمة. من يراها يحسبها عاهرةً تبيع نفسها في الشارع لرجلين. من يسمع أنينها الخافت يحسبها تتأوّه متعةً. لكنّ عدنان يتذكّر. لقد قرأ من قبل أنّه في حالاتٍ معيّنةٍ يمكن أنْ تشلّ صدمة الاعتداء المرأة فتبدو مستسلمة. بل يمكن أنْ يحسبها المعتدي راغبةً فيه موافقةً له، خاصّةً إن كان مقرّبًا منها وذا سلطةٍ عليها. مديرها مثلًا أو

أستاذها. لكنّ هذين قاطعا طريقٍ فلماذا لا تصرخ المرأة؟ نفض عدنان الفكرة عن رأسه. هل صرخ الرجال من قبلُ داخل الخزّان المشتعل بنار صحراء الكويت؟ ما كان ليسمعها أحدٌ، لو صرختْ، في هذا الشارع الفارغ من العابرين في هذه الساعة المتأخّرة ليلًا. انعطف عدنان مجدّدًا إلى زقاقٍ جانبيّ، هاربًا من صدى أنين المرأة القادم مع الرياح. حتّى لو كانت صرختْ وحتّى لو كان الوقت نهارًا، وكان الشارع مكتظًّا ما كان أحدٌ ليتجرّأ على الوقوف في وجه حامل الخنجر. لسان حال الجميع سيكون نفسي، نفسي، ولا أحد إلّا نفسي. يتأفّف عدنان. أو، يفكّر عقله الذي لا يهدأ أبدًا، لعلّها ستكون حالةً أخرى من مأزق الاعتماد الجماعيّ على أنْ يبادر شخصٌ آخر. كلّ واحدٍ يتوقّع أنّ آخر سيبادر، فينتهي الأمر بألّا يبادر أيّ أحد.

لكنّه لم يتحمّلْ، وعاد راكضًا، مسكونًا بالجنون ربّما أو التهوّر. دُهش حامل الخنجر من جرأة عدنان الراكض نحوه، فترك المدية تسقط من يده، وفرّ مسرعًا هاربًا من الشيطان الذي رآه يطلّ من عينيْ عدنان.

ارتبك الرجل الذي كان يضغط المرأة على الجدار، (نعمْ كنت أنا المرأة. وكنت قد غادرت شقّة زبونٍ لم يحصلْ على مبتغاه، فطردني تلك الساعة). أراد أنْ يهرب هو الآخر لكنّه تعثّر في سرواله الساقط وسقط أرضًا. قفز عليه عدنان، وصار يركله أينما وصلتْ قدمه. بدا أنّ الرجل سيموت فاستجمعت نفسي وأمسكت عدنان. حسنًا، سأسجّل الآن. لا أعرف اسمه ولا هو يعرف، أنا سمّيته عدنان. احتجت إلى أكثر من محاولةٍ قبل أنْ يستكين. همست في أذنه أشكره. التفت إليّ بنظراتٍ غائمةٍ، أو غائبة. لم يقلْ شيئًا. وضع كفّيه في جيبيْ سترته، وتخطّى الرجل الساقط أرضًا وأكمل طريقه. ثمّ حدث كلّ شيءٍ بسرعة. في غفلةٍ منّا، قام

ذلك الملعون من الأرض، وأخرج مديةً من جيبه، وغرسها أوّلًا في كبد عدنان. صرخت. ثمّ أخرجها وصار يطعن عدنان المتجمّد في وقفته غير مصدّقٍ ما يحدث له، في صدره وبطنه. صرخت وصرخت وصرخت وبدأ الناس يتجمّعون على شرفات شققهم أو خارج مبانيهم. هرب الملعون وهو يقفز محاولًا تعديل سرواله. سقطت أرضًا على صدر عدنان الساقط أرضًا. بكيت وصرخت ومرّتْ سنواتٌ وسنواتٌ قبل أنْ تأتي سيّارة الإسعاف، ومرّتْ سنواتٌ وسنواتٌ وأنا جالسةٌ عند فراشه في المستشفى أنتظر أنْ يفيق من غيبوبته بعد سلسلة العمليات الجراحيّة التي خضع لها. حتّى جاء يومٌ، واستيقظت من غفوتي على صوت أنينه. كان يحاول فتح عينيه. قمت أجري أنادي الممرّضة التي طلبتْ بدورها الطبيب. ثمّ ما حدث بعد ذلك لا يختلف عمّا تعوّدنا عليه في الروايات وفي السينما. وأنا أسترجع الآن سيّدي المفتّش ما حصل. يبدو لي الأمر كأنّه مشاهد معروضةٌ بالعرض السريع من فيلمٍ هنديٍّ يحاول بركاكةٍ تقليد فيلمٍ أميركيّ. فتح عينيه لا يعرف أين هو ولا من هو. فقدانٌ تامٌّ للذاكرة. ليست الذاكرة المعرفيّة، بل الذاكرة الشخصيّة. يتذكّر كلّ المعارف والمهارات التي اكتسب. لكنْ لا شيء من خبراته الذاتيّة المتعلّقة بمشاعره إلّا شذراتٌ من طفولته. لا يعرف اسمه. لا يتذكّر الحادثة. صار كأنّه جهاز كمبيوتر بذكاءٍ صناعيٍّ متطوّرٍ لا يملك أنْ يخرج عمّا لُقّن إلّا في حدود العلاقات المنطقيّة من استنتاجٍ وتحليل. لا شيء من الذكريات الشخصيّة. لا شيء من المشاعر.

ألم أقلْ لك سيّدي المفتّش كم هي غامضةٌ أمور الذاكرة؟ إنّه فيلمٌ بوليووديٌّ بامتياز.

أخذته معي إلى البيت بعد أنْ سمح له الطبيب بالمغادرة. ماذا كان يُفترض أنْ أفعل وهو أصيب بما أصيب به بسببي؟ اقترح عليّ

الطبيب اسم متخصّصٍ في الطبّ النفسيّ لديه خبرةٌ معقولةٌ في أمور الذاكرة، نصحه، أو طلب منه، ممارسة الكتابة، كنوعٍ من علاجٍ تجريبيٍّ يمكن أنْ يساعده على تذكّر ما اختفى من ذاكرته. تلك صارتْ مهمّتي، رعاية عدنان، خلال سعيه الحثيث للتذكّر من خلال الكتابة. لكنّه لم يتذكّرْ، بل كتب رواية. روايةً غريبة تجمع أزمنةً متعدّدةً وحكاياتٍ من عالم الجاسوسيّة والتاريخ ومشاهد من حكايتي الشخصيّة التي أخبرته بها، وقصّةً رومانسيّةً... ثمّ اختفى عدنان. عدت ذات يومٍ ولم أجدْه. هل كان جوابي عن سؤاله هو سبب ذهابه؟ لا أعتقد. لا يمكنني الجزم. لكنّ آخر محادثةٍ بيننا كانت حول ذلك الموضوع.

«لا أفهم لماذا، رغم أنّك تشتغلين مترجمةً محترفة، ولديْك دخلٌ ماديٌّ جيد، التجأتِ إلى ممارسة...»، ولم يكمل التلفّظ بسؤاله. «ممارسة البغاء؟ ليس عليك أنْ تتحرّج من الكلمة»، أغمضت عينيّ وتنهّدت بصوتٍ مرتفع.

«لم أخبرْك من قبلُ أنّني كنت، أو لا أزال، متزوّجة. قبل عامٍ تزوّجت، وبعد زواجي بأقلّ من شهرٍ طلبت الطلاق. مرّت الآن أشهرٌ أليمة، ولا يزال الطلاق معلّقًا. يكبرني بعشرين عامًا. لا أعرف كيف اقتنعت به زوجًا. تدخّلاتٌ عائليّةٌ من هنا وهناك، ووجدت نفسي في الأخير متزوّجةً برجلٍ ثريّ. يمكنك أنْ تخمّن أنّه ثريٌّ عربيٌّ لديه ثلاث نساءٍ في عصمته، وكنت الرابعة. لم أستطع الرفض. وأنا أرى السعادة الطافحة من عينيْ أمّي، بعدما قدّم لها ولأبي هديّةً رحلة الحجّ الذي طالما تمنّياه. تصادفتْ ليلة الدخلة مع قدومٍ مبكرٍ للدورة الشهريّة. أخبرته فلم يبال. رجوته ولم يبال. كان مصرًا على الدخلة والشبق يسيل من عينيه. وكانت فوضى عارمة. مع كلّ تلك اللهفة تعذّر عليه الافتضاض. ثمّ بعد أكثر من محاولة، التجأ إلى الحبّة الزرقاء، وعاد مرّةً أخرى. لكنّي

تعبت من محاولاته، فانسحبت من تحته. جرّني من شعري بعنف، ورماني أرضًا وسقط فوقي. افترسني الوحش. تكرّرتْ الحكاية، وطيلة الأسبوع عانيت تصرّفاته الشاذّة. لم أتحمّلْ أكثر. فغادرت إلى بيت عائلتي. عائلتي التي نظرتْ إليّ شزرًا، وأعادتْ رميي إليه رغمًا عنّي. هربت منه مجددًا، وما زلت معلقةً في عصمته بعد أشهرٍ من العذاب في أروقة المحاكم. غيابه المتكرّر يؤخّر القضيّة والإجراءات بطيئة. لماذا يجب أنْ نضيّع الوقت في مسطرة الصلح. لكنّه القانون. ثمّ،...». لم أستطعْ المواصلة. توقّفت دقائق ولم يحاولْ عدنان حثّي. «ثمّ اكتشف الوحش أنّني حامل، وجُنّ جنونه».

اعتدل عدنان في مجلسه، مستغربًا: «حامل؟».

الألم نفسه عاد يعصرني، الآن، كما ذلك اليوم. «فقدت الجنين. إجهاضٌ في الشهر السابع». وتوقّفت. لم أرد التطرّق آنذاك إلى التفاصيل المؤلمة. «ذات مرّةٍ صادفت العميد شهاب في المحكمة. تقرّب منّي وعرض عليّ تسهيل إجراءات الطلاق مقابل مساعدته للإيقاع بجاسوسٍ إسبانيّ. لا أعرف ماذا فعل وهل وفى بوعده. شغلنا في تدريبات عمليّة السفارة الإسبانيّة، ومرّ الوقت سريعًا». لم أستطع المتابعة واستسلمت للبكاء. شعرت بعدنان يقترب منّي. يحضنني. يواسيني بكلماتٍ دافئةٍ حتّى نعست. ثمّ رأيته، بين اليقظة والنوم، يمدّدني على الأريكة ويغطّيني، ويغلق باب الشقّة وراءه. ذهب عدنان. تخلّى عنّي. لا. بل أنا تخلّيت عن عدناني. ذلك المشهد عاد. كتلة اللحم الدامية في الدلو.

لا أريد التذكّر. أرجوكِ. آزاد، آزاد. استيقظي.

# اللوح المحفوظ

آزاد، آزاد، استيقظي.

يتردّد الصوت عميقًا خفيضًا كأنّه صدى صوتٍ بقي معلّقًا في الهواء منذ زمنٍ غابر. اهتزّ جفنا آزاد وفتحتْ عينيها. مستلقيةً على ظهرها كانت وأوّل ما رأته كان السقف الصخريّ. اعتدلتْ جالسةً وشعرتْ بالآلام تنخر كامل جسدها. جالت ببصرها في أرجاء المكان. إنّه كهف. كهفٌ مألوف. ربّما كانت هنا من قبل، إلّا إن كانت الكهوف كلّها متشابهةً في عينيها. لكنْ هنا جديدٌ لم تره من قبل. مجموعةٌ من الألواح الطينيّة على امتداد الجدار الخلفيّ للكهف. أسطح الألواح منقوشةٌ برموزٍ غريبة. كأنّها أبجديّةٌ مندثرةٌ من ماضٍ سحيق. غالبتْ نفسها لتقف على قدميها، واقتربتْ من الألواح. هذه الرموز ليستْ غريبة. إنّها تستطيع قراءتها.

«توقّفي». جاء الصوت صارمًا، لكنّه دافئٌ أيضًا. التفتتْ آزاد إلى مدخل الكهف، ولم ترَ بسبب الضوء إلّا ظلًا أسودَ متّكئًا على عصا. تقدّم الرجل العجوز داخلًا، وعرفتْه في الحال. الوليّ الصالح آزاد. أبيض في كلّ شيءٍ: ردائه، غطاء رأسه، لحيته، خفّيه، عصاه. ارتبكتْ. تجمّدتْ واقفة. خرستْ تمامًا ولم تقوَ على إصدار أيّ صوت. ثمّ أخيرًا، بعد جهدٍ، وبصوتٍ متلعثمٍ بالكاد قالت: «لم أقصدْ... الألواح. قرأت اسمي».

هزّ الوليّ رأسه إيماءةً فهمتْ منها آزاد أنّه يقصد إظهار التعاطف معها. تقدّم إلى الأمام، وربّت كتفها.

«لا عليكِ بنيّتي». تقدّم نحو الألواح، ثمّ استدار مجدّدًا نحو آزاد. «تريدين قراءة المكتوب هنا؟ أرى الفضول في عينيك».

أومأتْ مصدّقةً على قوله.

«لقد وصلت أخيرًا إلى هنا. إلى كهف الألواح. لكنْ، دعيني أخبرك أنّ الوصول فناءٌ، والمعرفة لعنة». لم تفهمْ آزاد قول الوليّ ولم تحاولْ أنْ تتفكّر فيه. ما عادتْ حتّى مهتمّةً بالوليّ الصالح الذي قامت بكلّ رحلتها لتصل إليه. لقد قرأتْ اسمها في اللوح، والسحر أطبق عليها. لا سبيل لديها للتخلّص من الفضول. عليها أنْ تعرف سرّ وجود اسمها هناك، بل كيف استطاعت أن تقرأ اللوح وهي لم تتعلّم القراءة يومًا.

بدا الوليّ متفهّمًا، بل غير مندهشٍ كمن كان يعرف، يتوقّع كلّ هذا. ابتعد جانبًا وأومأ إلى آزاد أنْ تتقدّم. تقدّمتْ وبدأت القراءة:

مرّ شهران على خلود منذ حادثة الفيلّا مع هند وخطيبها. لم تستطع الخروج من البيت إلّا مضطرّةً لقضاء الضروريّ جدًّا من احتياجاتها، وانقطعتْ عن العمل في الصحيفة. شهران لم تخلُ أيّ ليلةٍ منهما من الكوابيس. وكلّ يومٍ، كلّ ليلةٍ، تعيش تلك الأحداث بتفاصيلها. ثمّ انتبهت بغتةً إلى خاطرٍ مرعب. شهران كاملان قد مرّا. شهران. دورتان. حيضها انقطع. صرخت ولطمت وجهها. لا يا ربّي، ليس هذا ما ينقصني. نوبةٌ جديدةٌ من البكاء ودعاءٌ، وأدعية، أنْ يكون الأمر مجرّد خللٍ هرمونيٍّ بسبب صدمة الاعتداء. قامت أخيرًا. رمتْ على جسدها ما وجدتْ بجانبها من ملابس كيفما اتّفق. خرجتْ تجري نحو صيدليّة الحيّ، وعادتْ مهرولةً تطبق على جهاز اختبار الحمل المنزليّ. اللعنة. ولا قطرة من البول. أسرعت إلى المطبخ. تجرّعتْ كوبًا من الماء. ملأتْ كوبًا آخر. ودلقتْه في جوفها. صارتْ تدور في المطبخ كنمرةٍ محبوسة. جرتْ إلى الحمّام. لا بول بعد. ارتمتْ على فراشها تحدّق في

السقف. تذكّرتْ. أعدّتْ قهوةً مركّزة، وتجرّعتْها ثمّ بصقتْ ما في فمها وصرختْ. أحرقتْ فمها. سقطتْ على ركبتيها تبكي. لماذا كلّ هذا الظلم يا الله؟ استلقتْ على الأرضيّة وتكوّرت. نوبةٌ جديدةٌ من البكاء، ثمّ في لحظةٍ ما غلبها النوم حتّى استيقظتْ على ثقلٍ في مثانتها. قامت دائخةً إلى الحمّام ثمّ انتبهت وعادت متلهّفةً وأخذت اختبار الحمل. حبستْ أنفاسها مترقّبةً. خطّان. لا. صرخت. رمتْ جهاز الاختبار أرضًا. ركلت باب الحمّام. نوبةٌ جديدةٌ من الصراخ الهستيريّ. خرجتْ حافيةً تجري. تجري وتصرخ وتبكي. لم يكنْ بإمكانها سماع حوقلات الشفقة من المارّة ولا نظراتهم المتحسّرة. وصلت إلى الكورنيش. واصلت جريها حتّى وصلت إلى الرصيف الصخريّ. وقفت هناك تنظر إلى الأزرق الداكن. رذاذ الأمواج يبلّل شعرها، وتلتصق خصلاته بوجهها. رفعت قدمها لتقفز، وأمسكت بها يدان من الخلف. «بنيّتي. الأمر لا يستحقّ».

ترى خلود من بين ضباب دموعها كهلًا متدثّرًا بالبياض. «استهدي بالله بنيّتي. رحمة الله واسعة».

«هراء». تركت الكلمة تتردّد في ذهنها ولم تقلْها. ربّما لم تملك الجهد لقولها أو ربّما أشفقتْ على الرجل.

أمسك الرجل بيدها، وقادها بعيدًا عن الرصيف الصخريّ بعدما غطّاها بعباءته البيضاء. ما كان لديها أيّ طاقةٍ لتقاوم ولا لأيّ فعلٍ إضافيّ. لم تستطع حتّى إخباره بعنوان بيتها حين سأل، وألحّ دون فائدة. اضطرّ في الأخير أن يأخذها معه إلى بيته حيث بقيت هناك شهرًا يعتني بها، قبل أن تغادر لأمرٍ لن تعود عنه أبدًا.

قرّرت خلال شهر الكوابيس ذاك أنّها لن تحتفظ بالجنين أبدًا، حتّى لو كان في الأمر هلاكها. استجمعتْ بعضًا من رباطة جأشها، وسألتْ متقصّيةً، بصفتها صحافيّةً تنجز تقريرًا، حتّى وصلتْ إلى بيتٍ سريٍّ لمن همْ في مثل ورطتها. ويا لها من آلامٍ

عاشتْها ذلك المساء لتلفظ أحشاءها البذرة التي تكبر هناك. لكنّ الألم الأكبر كان بعدما استعادتْ وعيها لتجد نفسها وحدها في الغرفة. جاهدتْ لتقوم من السرير، لكنّها ما إن اعتدلتْ جالسةً حتّى رأتْ كتلة اللحم مرميّةً في السطل الصفيحيّ بجانب السرير. تجمّدتْ لحظةً غير فاهمة، ثمّ ضربتْها صاعقة الفهم. رعدةٌ قويّةٌ جعلتْ جسدها كلّه ينتفض، ثمّ صرختْ. سقطتْ على ركبتيها، وصرختْ صرخةً أكبر. شدّتْ شعر رأسها، وضربتْ جبهتها بالأرض، وواصلتْ صراخها الهستيريّ حتّى أحسّتْ بسائل لزجٍ محرقٍ ينزل على ساقيها. رفعتْ قميصها ورأتْ سائلًا أسود يتدفّق من تحتها، بسرعةٍ وكثافة، حتّى غطّى الأرضيّة بسرعة، وصار يتسلّق الجدران ثمّ السقف. وغطّى الظلام كلّ شيء.

أحسّتْ آزاد بدمعتين ساخنتين تنزلان على خدّها، ورأت اللوح الطينيّ يشعّ بضوءٍ أبيض. استدارتْ برأسها نحو الوليّ الصالح فأومأ لها. تقدّمتْ إلى الأمام حتّى غشّاها ضوء اللوح. وجدتْ نفسها معلّقةً في فضاءٍ من ضوءٍ أبيض. أغمضتْ آزاد عينيها وفقدت الإحساس بكلّ شيء. لا تعرف كمْ بقيت هكذا، هناك، ثمّ فتحتْ عينيها. أحسّتْ خلود بالارتباك. التيه إلى حدٍّ ما. مسحتْ دمعةً نزلت من عينها. نظرتْ إلى الكتاب المفتوح على المكتب؛ «كهف الألواح». وضعت سنّ القلم على سطرٍ فارغٍ في آخر صفحة. كتبت نهاية/بداية الرواية:

ليكنْ نورٌ، فكان نور.